LES
AUTEURS LATINS

EXPLIQUÉS D'APRÈS UNE MÉTHODE NOUVELLE

PAR DEUX TRADUCTIONS FRANÇAISES

L'UNE LITTÉRALE ET JUXTALINÉAIRE PRÉSENTANT LE MOT A MOT FRANÇAIS
EN REGARD DES MOTS LATINS CORRESPONDANTS
L'AUTRE CORRECTE ET PRÉCÉDÉE DU TEXTE LATIN

avec des sommaires et des notes

PAR UNE SOCIÉTÉ DE PROFESSEURS

ET DE LATINISTES

PLAUTE

—

LA MARMITE

EXPLIQUÉE LITTÉRALEMENT
PAR F. DE PARNAJON

TRADUITE EN FRANÇAIS
PAR E. SOMMER

PARIS

LIBRAIRIE HACHETTE ET Cie

79, BOULEVARD SAINT-GERMAIN, 79

1879

LES

AUTEURS LATINS

EXPLIQUÉS D'APRÈS UNE MÉTHODE NOUVELLE

PAR DEUX TRADUCTIONS FRANÇAISES

Cette comédie a été expliquée littéralement par M. de Parnajon, professeur au lycée Henri IV.

La traduction française est celle de M. Sommer, revue et adaptée à l'édition du texte latin publiée par M. E. Benoist, suppléant à la faculté des lettres de Paris.

22394 — Typographie Lahure, rue de Fleurus, 9, à Paris.

LES
AUTEURS LATINS

EXPLIQUÉS D'APRÈS UNE MÉTHODE NOUVELLE

PAR DEUX TRADUCTIONS FRANÇAISES

L'UNE LITTÉRALE ET JUXTALINÉAIRE PRÉSENTANT LE MOT A MOT FRANÇAIS
EN REGARD DES MOTS LATINS CORRESPONDANTS
L'AUTRE CORRECTE ET PRÉCÉDÉE DU TEXTE LATIN

avec des sommaires et des notes

PAR UNE SOCIÉTÉ DE PROFESSEURS

ET DE LATINISTES

PLAUTE

LA MARMITE

PARIS

LIBRAIRIE HACHETTE ET Cie

79, BOULEVARD SAINT-GERMAIN, 79

1879

AVIS

On a réuni par des traits les mots français qui traduisent un seul mot latin.

On a imprimé en *italique* les mots qu'il était nécessaire d'ajouter pour rendre intelligible la traduction littérale, et qui n'ont pas leur équivalent dans le latin.

Enfin, les mots placés entre parenthèses, dans le français, doivent être considérés comme une seconde explication, plus intelligible que la version littérale.

ARGUMENT ANALYTIQUE

DE LA MARMITE.

PROLOGUE.

Le dieu Lare apprend aux spectateurs comment il a fait trouver au vieil Euclion une marmite pleine d'or, afin qu'il puisse marier sa fille, dont la piété mérite d'être récompensée.

ACTE PREMIER.

ACTE II.

riche, mais plus que majeure. Mégadore, qui aime la jeunesse et qui hait le luxe des femmes de son temps, déclare qu'il épousera la fille modeste du pauvre Euclion.

II. Mégadore demande à Euclion la main de sa fille. Celui-ci croit que Mégadore se moque de lui, ou qu'il connaît son secret et en veut à son argent. Il refuse d'abord en alléguant l'inégalité des conditions et sa pauvreté. Enfin il cède aux instances de Mégadore, mais en stipulant que sa fille n'aura point de dot.

III. Euclion, persuadé toujours que Mégadore en veut à sa marmite, reproche à Staphyla d'avoir parlé. Puis il lui ordonne de préparer les vases sacrés pour le mariage de sa fille avec Mégadore. Embarras de Staphyla qui sait que la fille d'Euclion est aimée de Lyconide.

IV. Strobile amène les cuisiniers et les joueuses de flûte que son maître Mégadore a loués pour célébrer la noce. Il en envoie une partie avec la moitié des provisions qu'il a achetées dans la maison d'Euclion. Peinture piquante de l'avarice d'Euclion dans la bouche de Strobile.

V. Strobile appelle Staphyla pour qu'elle fasse entrer les cuisiniers et les joueuses de flûte dans la maison d'Euclion.

VI. Pythodicus, intendant de Mégadore, se plaint de la friponnerie des cuisiniers et de la surveillance qu'il est obligé d'exercer sur eux.

VII. Euclion revient du marché où il était allé faire des provisions pour la noce de sa fille, mais il n'a rien acheté qu'une pincée d'encens: il a trouvé tout trop cher. Il entend du bruit dans sa maison ; il y entre précipitamment, il croit qu'on lui vole son trésor.

VIII. Le cuisinier Anthrax sort de chez Mégadore pour emprunter un ustensile à Congrion qui prépare le repas chez Euclion. Mais aux cris qu'il entend chez le voisin, il se hâte de rentrer.

ACTE III.

Scène I. Congrion sort en se lamentant de chez Euclion, qui l'a roué de coups.

II. Euclion le poursuit, et le bat de nouveau; il lui défend d'approcher de sa porte. Congrion, resté seul, se plaint de sa mauvaise étoile qui l'a amené chez Euclion.

III. Euclion revient avec sa marmite, dont il ne veut plus se séparer; il ordonne à Congrion de rentrer pour préparer le repas.

IV. Euclion se plaint que Mégadore fasse mettre sa maison au pillage par les cuisiniers qu'il y a introduits. Inquiétudes que lui cause la possession de son or.

V. Mégadore, qui ne voit pas Euclion, se félicite du parti qu'il a pris. Il voudrait que l'on épousât toutes les femmes sans dot, ce qui les rendrait moins arrogantes, plus soumises à leurs maris et moins dépensières, et il se déchaîne avec violence contre le luxe des dames romaines. Euclion l'aborde, ravi de ces paroles; mais, quand Mégadore lui reproche de ne s'être pas fait plus beau pour la noce de sa fille, il se fâche; il s'imagine sur un mot que Mégadore connaît son secret, et il lui reproche enfin d'avoir rempli sa maison de gens qui la mettent au pillage, et de n'avoir envoyé que des provisions insuffisantes.

VI. Euclion emporte sa marmite dans le temple de la Bonne Foi.

ACTE IV.

SCÈNE I.   Strobile se vante des talents qu'il déploie au service de son jeune maître Lyconide, amoureux de la fille d'Euclion. Il vient épier ce qui se passe dans la maison du bonhomme qui a promis sa fille à Mégadore.

II.   Euclion sort du temple de la Bonne Foi, sans voir Strobile, et recommande à cette déesse de veiller sur son or. Strobile, resté seul, entre dans le temple pour voler la marmite. Mais Euclion, alarmé par un présage, revient sur ses pas, et, voyant Strobile sortir du temple, il le querelle, le fouille et le bat ; puis il rentre lui-même dans le temple.

III.   Strobile jure de se venger d'Euclion et de lui dérober son or.

IV.   Euclion sort du temple avec sa marmite, qu'il va cacher, dit-il, dans le bois sacré de Silvain. Strobile, qui l'entend, se hâte de le devancer pour grimper sur un arbre d'où il le verra enterrer son trésor.

V.   Lyconide instruit Eunomie, sa mère, de son amour pour la fille d'Euclion ; il la prie de parler à son oncle Mégadore, afin que celui-ci renonce à l'union qu'il projette pour lui-même.

VI.   Joie de Strobile, qui a volé la marmite d'Euclion et qui court la mettre en lieu sûr.

VII.   Désespoir d'Euclion, qui s'est aperçu de ce vol.

VIII.   Ces gémissements font sortir Lyconide. En voyant la douleur du vieillard, il le croit instruit de l'insulte dont sa fille a été victime et se reconnaît pour le coupable. Mais Euclion, qui ne pense qu'à sa marmite, confond tout et prend Lyconide pour le voleur. Quand enfin celui-ci parvient à le détromper et lui apprend que son oncle Mégadore renonce en sa faveur à l'union qu'il a conclue, Eu-

clion, désespéré d'abord de ce nouveau contre-
temps, finit par se laisser toucher.

ACTE V.

Strobile apprend à son maître la trouvaille qu'il a
faite. Il refuse de rendre la marmite, si Lyconide
ne consent à l'affranchir.

Ici s'arrête le texte de Plaute, mais le reste est facile à suppléer.
Strobile rend la marmite et reçoit la liberté. Euclion, rentré en
possession de son or, marie sa fille à Lyconide, et, pour se débarrasser d'une richesse qui le rend misérable, il fait don à son gendre
de la précieuse marmite, et retrouve ainsi le sommeil de ses nuits
et la tranquillité de ses jours.

DRAMATIS PERSONÆ.

LAR.

EUCLIO, senex.

STAPHYLA, ejus serva.

EUNOMIA, soror Megadori.

MEGADORUS, senex.

STROBILUS, servos Megadori et Lyconidis.

ANTHRAX, }
CONGRIO, } coqui.

PYTHODICUS, servos Megadori.

LYCONIDES, filius Eunomiæ.

Les noms de tous ces personnages, empruntés à la langue grecque, ont une signification en harmonie avec le caractère de ceux qui les portent. Euclion est l'homme de bonne renommée (εὖ, κλέος), avec lequel Eunomie voit volontiers son frère s'allier. Mégadore est riche et libéral (μέγα, δῶρον). Eunomie est la femme sage (εὖ, νόμος) à laquelle son frère donne justement l'épithète de *optuma*. Lyconide a la violence et l'emportement du loup (λύκος). Staphyla aime le vin pur (σταφύλη), comme la plupart des vieilles servantes de la comédie antique. Strobile tourne comme une toupie (στρόβιλος) quand son maître lui donne des ordres. Congrion doit son nom aux poissons qu'il apprête (γόγγρος), Anthrax, au charbon (ἄνθραξ) à l'aide duquel il fait cuire les mets. Pythodicus (πυνθάνομαι, δίκη) cherche, en sa qualité de bon surveillant, à entretenir la justice dans les rapports des maîtres avec les serviteurs.

PERSONNAGES.

LE DIEU LARE.

EUCLION, vieillard.

STAPHYLA, servante d'Euclion.

EUNOMIE, mère de Lyconide et sœur de Mégadore.

MÉGADORE, riche vieillard.

STROBILE, esclave de Mégadore et de Lyconide.

ANTHRAX, } cuisiniers.
CONGRION, }

PYTHODICUS, esclave de Mégadore.

LYCONIDE, fils d'Eunomie.

La scène est à Athènes. — On voit sur les côtés du théâtre le temple de la Bonne Foi.

AULULARIA[1].

PROLOGUS.

LAR FAMILIARIS.

Ne quis miretur qui sim, paucis eloquar.
Ego sum Lar familiaris[2], ex hac familia,
Unde exeuntem me aspexistis. Hanc domum
Jam multos annos est quom possideo et colo,
Patrique avoque jam hujus, qui nunc hic habet.   5
Sed mihi avos hujus obsecrans concredidit
Thesaurum auri clam omnis; in medio foco
Defodit, venerans me, ut id servarem sibi.
Is quoniam moritur (ita avido[3] ingenio fuit),
Numquam indicare id filio voluit suo,   10
Inopemque optavit potius eum relinquere

PROLOGUE.

LE DIEU LARE.

Ne vous demandez pas qui je suis, je vais vous le dire en peu de
mots. C'est moi le dieu Lare de cette maison d'où vous m'avez vu
sortir. Voilà bien des années que j'y habite ; j'ai protégé le père
et même l'aïeul de celui qui maintenant y demeure. Le grand-père
m'a confié et recommandé en grand secret un trésor qu'il a enfoui
au milieu du foyer, me suppliant de le lui garder. Le bonhomme
est mort, mais il était d'une telle avarice, qu'il ne voulut pas révéler la cachette à son fils ; il aima mieux le livrer à la pauvreté

LA MARMITE.

PROLOGUE.

LE LARE DOMESTIQUE.

Ne quis miretur
qui sim,
eloquar paucis.
Ego sum Lar familiaris,
ex hac familia
unde aspexistis me
exeuntem.
Est jam annos multos
quom possideo et colo
hanc domum
patrique
jamque avo hujus
qui habet nunc hic.
Sed avos hujus
concredidit mihi obsecrans
thesaurum auri
clam omnis ;
defodit in medio foco,
venerans me,
ut servarem id sibi.
Quoniam is moritur,
nunquam voluit
(fuit ingenio ita avido)
indicare id
suo filio,
optavitque relinquere
eum inopem,

De-peur-que quelqu'un ne s'étonne (ne
qui je suis,   [se demande)
je *le* dirai en peu *de mots.*
Moi je suis le lare domestique,
de cette maison,
d'où vous avez vu moi
sortant.   [nombreuses
Il se-trouve déjà depuis des années
que j'occupe et j'habite
cette demeure
et à l'avantage du père
et même à l'avantage de l'aïeul de celui
qui habite maintenant ici.
Mais l'aïeul de celui-ci
a confié à moi en *me* conjurant
un trésor d'or
à-l'insu de tous ;
il *l*'a enfoui au milieu du foyer,
priant moi,   [même.
afin que je conservasse cet *or* pour lui-
Tandis que celui-ci meurt (en mourant),
il ne voulut jamais
(il fut d'une nature tellement avare),
révéler cet *or*
à son fils,
et il choisit de laisser
lui pauvre,

Quam eum thesaurum commonstraret filio.
Agri reliquit ei non magnum modum,
Quo cum labore magno et misere viveret.
Ubi is obiit mortem, qui mihi id aurum credidit,   15
Cœpi observare, ecqui[1] majorem filius
Mihi honorem haberet quam ejus habuisset pater.
Atque ille vero minus minusque impendio
Curare, minusque me impartire honoribus.
Item a me contra factum est : nam item obiit diem.   20
Is hunc reliquit, qui hic nunc habitat, filium
Pariter moratum, ut pater avosque hujus fuit.
Huic filia una est; ea mihi cotidie
Aut ture, aut vino, aut aliqui[2] semper supplicat;
Dat mihi coronas. Ejus honoris gratia,   25
Quo eam facilius nuptum, si vellet, daret,
Feci, thesaurum ut hic reperiret Euclio,
Sed hic senex jam clamat intus, ut solet;
Anum foras extrudit, ne sit conscia.
Credo, aurum inspicere volt, ne subreptum siet[3].   30

que de lui indiquer le trésor. Il lui laissait un petit bout de champ, de quoi s'entretenir misérablement et en prenant beaucoup de peine. Dès que le vieillard qui m'avait confié son or eut cessé de vivre, je commençai à observer si son fils aurait pour moi plus de dévotion que le père. Mais ce fut tout le contraire : il s'occupa de moins en moins de mon culte, et chaque jour retrancha quelque chose à mes honneurs. Moi, je lui rendis la pareille, et il mourut à son tour. Il a laissé un fils, le propriétaire actuel de la maison, qui est bien tout le portrait de son père et de son aïeul. Ce fils a une fille qui m'offre incessamment de l'encens, du vin, et autres cadeaux de ce genre; elle me donne aussi des couronnes. Pour la récompenser, j'ai fait découvrir le trésor à Euclion, afin qu'il pût la marier plus facilement, s'il le voulait. Mais voilà notre ladre qui bougonne dans sa maison, selon son habitude. Il fait sortir sa vieille servante, pour qu'elle ne découvre pas son secret. Sans doute il veut voir si on ne lui a pas volé son or.

potiusquam commonstraret	plutôt qu'il montrât (que de montrer)
eum thesaurum filio.	ce trésor à *son* fils.
Reliquit ei	Il laissa à lui
modum agri non magnum,	une mesure de champ non grande,
quo viveret	par lequel *champ* il vivrait
cum magno labore	avec un grand travail
et misere.	et misérablement.
Ubi is qui	Dès que celui qui
credidit aurum mihi	confia l'or à moi
obiit mortem,	eut rencontré la mort (fut mort),
cœpi observare	je commençai à observer
ecqui filius haberet	si-en-quelque-chose le fils avait
honorem majorem mihi	une considération plus grande pour moi,
quam pater ejus	que le père de lui
habuisset.	*n'en* avait eu.
Atque ille vero	Et lui au-contraire
curare minus	*se mit* à prendre-soin *de moi* moins
minusque impendio,	et moins de beaucoup,
impartireque me minus	et à gratifier moi moins
honoribus.	d'honneurs.
Est factum item a me	Il fut fait de-même par moi
contra :	en-revanche :
nam obiit item	car il rencontra de même
diem.	le *dernier* jour (il mourut).
Is reliquit hunc filium,	Celui-ci laissa ce fils,
qui habitat nunc hic,	qui habite maintenant ici,
moratum pariter,	constitué-de-caractère pareillement,
ut pater avosque hujus	comme le père et l'aïeul de celui-ci
fuit.	*le* fut (le furent).
Una filia est huic ;	Une fille est à celui-ci ;
ea supplicat semper mihi	celle-ci supplie toujours moi
cotidie	quotidiennement
aut ture, aut vino	ou par de l'encens ou par du vin
aut aliqui ;	ou par-quelque-chose ;
dat mihi coronas.	elle donne à moi des couronnes.
Feci,	J'ai fait *en sorte*,
gratia honoris ejus,	à cause de la considération d'elle,
ut hic Euclio	que cet Euclion
reperiret thesaurum,	trouvât un trésor, [lement
quo daret eam facilius	afin-que-par-là il donnât elle plus faci-
nuptum,	en mariage,
si vellet.	si il *le* voulait.
Sed hic senex	Mais ce vieillard
clamat jam intus,	crie déjà à-l'-intérieur,
ut solet.	comme il a-coutume.
Extrudit foras anum,	Il pousse dehors la vieille,
ne sit conscia.	de-peur-qu'elle ne soit témoin.
Volt, credo,	Il veut, je crois,
inspicere aurum,	regarder l'or,
ne siet subreptum.	de-peur-qu'il n'ait été volé.

ACTUS I. SCENA I[1].

EUCLIO, STAPHYLA.

E. Exi, inquam! age, exi! exeundum hercle tibi hinc est
Circumspectatrix cum oculis emissiciis [2]!   [foras,
S. Nam cur [3] me miseram verberas? *E.* Ut misera sis,
Atque ut te dignam mala malam ætatem exigas.
S. Nam me qua causa extrusisti ex ædibus?   5
E. Tibi ego rationem reddam, stimulorum seges [4]?
Illuc regredere ab ostio! illuc, sis [5]. Vide,
Ut incedit! At scin quo modo tibi res se habet [6]?
Si hodie hercle fustem cepero aut stimulum in manum,
Testudineum istum tibi ego grandibo gradum.   10
S. Utinam me divi adaxint [7] ad suspendium
Potius quidem, quam hoc pacto apud te serviam!
E. At ut scelesta sola secum murmurat?
Oculos hercle ego istos, improba, effodiam tibi.
Ne me observare possis quid rerum geram.   15
Abscede! etiam nunc! etiam nunc! etiam! Ohe,

ACTE I, SCÈNE I.

EUCLION, STAPHYLA.

E. Hors d'ici, te dis-je, hors d'ici! qu'on détale au plus vite,
maudite espionne, avec tes yeux de furet!

S. Pourquoi me battez-vous, malheureuse que je suis?

E. C'est pour qu'en effet tu sois malheureuse; une misérable
comme toi doit avoir une vie misérable.

S. Pourquoi me chassez-vous?

E. Ai-je des comptes à te rendre, pendarde? Par ici! éloigne-toi
de la porte; par ici! te dis-je. Voyez comme elle marche! Sais-tu
ce qui t'attend? Si je prends en main un bâton ou un bon nerf de
bœuf, je te ferai allonger ce pas de tortue.

S., *à part.* Les dieux auraient bien dû me faire pendre, plutôt
que de me réduire à servir un pareil maître.

E. Qu'est-ce que la coquine murmure entre ses dents? Scélérate, je t'arracherai les deux yeux, pour t'empêcher d'observer
mes actions. Éloigne-toi.... encore.... encore.... encore.... assez!

ACTE I. SCÈNE I.

EUCLION, STAPHYLA.

E. Exi, inquam!
age, exi!
Hercle est tibi excundum
hinc foras,
circumspectatrix
cum oculis emissiciis.
S. Nam cur verberas
me miseram?
E. Ut sis misera,
atque ut exigas
ætatem malam
dignam te mala.
S. Nam qua causa
extrusisti me
ex ædibus?
E. Ego reddam tibi
rationem,
seges stimulorum?
Regredere ab ostio illuc!
illuc, sis.
Vide, ut incedit!
At sciu,
quo modo res
se habet tibi?
Si hercle cepero hodie
in manum
fustem aut stimulum,
ego grandibo tibi
istum gradum testudineum.
S. Utinam divi adaxint
me ad suspendium
potius quidem
quam serviam apud te
hoc pacto!
E. At ut scelesta
murmurat sola secum!
Ego hercle
effodiam tibi, improba,
istos oculos,
ne possis observare me
quid rerum geram.
Abscede!
etiam nunc! etiam nunc!
etiam!

E. Sors, dis-je!
allons, sors!   [faut sortir]
Par Hercule! il est à toi à-sortir (il te
d'ici *pour aller* dehors,
toi-qui-regardes-tout-autour
avec *tes* yeux lancés-en-avant. [pes-tu
S. Car pourquoi (pourquoi donc) frap-
moi malheureuse?
E. Afin que tu sois malheureuse,
et afin que tu passes
une existence mauvaise
digne de toi mauvaise.   [cause donc]
S. Car pour quelle cause (pour quelle
as-tu chassé moi
de la maison?
E. Moi rendrai je-à toi
un compte,
champ-planté d'aiguillons?
Reviens de la porte vers-ce-lieu!
vers-ce-lieu, si-tu-veux (s'il te plaît).
Vois, comme elle marche!
Mais sais-tu
de quelle manière la chose
se comporte pour toi?
Si par Hercule j'aurai pris aujourd'hui
en main
un bâton ou un aiguillon,   [longer)
moi j'allongerai pour toi (je te ferai al-
ce pas de-tortue.
S. Que les dieux aient poussé
moi à la pendaison
plutôt certes
que je *ne* sois-esclave chez toi
de cette manière!
E. Mais comme la scélérate
murmure seule avec-elle-même!
Moi par Hercule
j'arracherai à toi, méchante,
ces yeux,
afin que tu ne puisses observer moi,
pour voir quoi de choses je fais.
Éloigne-toi!   [nant!
encore maintenant! encore mainte-
encore!

AULULARIA.

Istic adstato! Si hercle tu ex istoc loco
Digitum transvorsum aut unguem latum excesseris,
Aut si respexis[1] donicum[2] ego te jussero :
Continuo hercle ego te dedam discipulam cruci.   20
Scelestiorem me hac anu certe scio
Vidisse numquam, nimisque[3] ego hanc metuo male,
Ne mi ex insidiis verba imprudenti duit,
Neu persentiscat, aurum ubi est absconditum :
Quæ in occipitio quoque habet oculos, pessuma.   25
Nunc ibo, ut visam, estne ita aurum, ut condidi,
Quod me sollicitat[4] plurumis miserum modis.

ACTUS I. SCENA II.

STAPHYLA.

Nœnum[5] mecastor, quid ego hero dicam meo
Malæ rei evenisse, quamve insaniam
Queo comminisci : ita me miseram ad hunc modum
Decies die uno sæpe extrudit ædibus.
Nescio pol, quæ illunc hominem intemperiæ[6] tenent :   5

Tiens-toi là; si tu en bouges seulement d'un travers de doigt, de l'é-
paisseur d'un ongle, ou si tu tournes la tête avant que je te le dise,
je te fais mettre en croix, pour t'apprendre. (*A part.*) Je n'ai jamais
vu une vieille scélérate pire que celle-ci. Ah ! je crains bien que la
perfide ne me joue quelque mauvais tour à mon insu, et ne se doute
de l'endroit où mon or est caché : elle a des yeux derrière la tête,
cette vieille gueuse. Mais allons voir si le trésor qui me donne tant d'inquiétudes et de tourments est toujours comme je l'ai mis. (*Il sort*)

SCÈNE II.

STAPHYLA.

Je ne sais, en vérité, quel malheur est arrivé à mon maître, ni ce que signifie cette folie. Chasser ainsi une pauvre femme de la maison, et souvent dix fois dans un jour?
On serait bien en peine de dire quelle rage le possède :

Ohe, adstato istic !
Si hercle tu excesseris
ex istoc loco
digitum transvorsum
aut unguem latum,
aut si respexis,
donicum ego
jussero te,
ego hercle
dedam te continuo
discipulam cruci.
Scio certe
me vidisse nunquam
scelestiorem hac anu,
egoque metuo hanc
nimis male,
ne duit verba
ex insidiis
mi imprudenti,
neu persentiscat,
ubi aurum
est absconditum :
quæ habet quoque,
pessuma,
oculos in occipitio.
Nunc ibo, ut visam,
aurumne,
quod sollicitat
modis plurimis
me miserum,
est ita ut condidi.

Holà, tiens-toi là-où-tu-es !
Si par Hercule tu te seras éloignée
de cette place *où-tu-es*
d'un doigt mis-en-travers   [ongle),
ou d'un ongle large (de la largeur d'un
ou si tu auras regardé-en-arrière,
jusqu'à ce que (avant que) moi
j'aie ordonné toi *regarder en arrière*,
moi par Hercule
je livrerai toi sur-le-champ
comme élève à la croix.
Je sais certainement
moi n'avoir vu jamais   [vieille,
personne de plus scélérat que cette
et moi je crains celle-ci
bien fortement,   [(ne trompe)
de-peur-qu'elle ne donne des paroles
par piége (par perfidie)
à moi ne-*le*-sachant-pas,
et-de-peur-qu'elle ne se doute,
où l'or
a été caché :
elle qui a aussi,
étant très-mauvaise,
des yeux à l'occiput.
Maintenant j'irai, afin que j'aille-voir,
est-ce-que-l'or (si l'or),
qui tourmente
de manières très-nombreuses
moi malheureux,
est ainsi comme je *l'*ai caché.

ACTE I. SCÈNE II.

STAPHYLA.

Nœnum mecastor queo
comminisci
quid rei malæ,
quamve insaniam
ego dicam evenisse
meo hero :
extrudit ita ædibus
ad hunc modum
sæpe decies uno die
me miseram.
Nescio pol
quæ intemperiæ
tenent illunc hominem :

Non, par Castor ! je ne puis
imaginer
quoi de chose mauvaise,
ou quelle folie
moi je dois-dire être arrivée
à mon maître :
il chasse ainsi de la maison
de cette manière
souvent dix-fois en un seul jour
moi malheureuse.
Je ne sais, par Pollux,
quelles agitations
tiennent cet homme :

Pervigilat noctis totas; tum autem interdius
Quasi claudus sutor domi sedet totos dies.

ACTUS I. SCENA III.

EUCLIO, STAPHYLA.

E. Nunc defæcato[1] demum animo egredior domo,
Postquam perspexi salva esse intus omnia.
Redi nunc ïam intro atque intus serva. *S*. Quippini[2]?
Ego intus servem? An, ne quis ædis auferat?
Nam hic apud nos nihil est aliud quæsti[3] furibus :　　　5
Ita inaniis sunt oppletæ atque araneis.
E. Mirum, quin[4] tua me causa faciat Juppiter
Philippum regem aut Darium[5], trivenefica!
Araneas mihi ego illas servari volo.
Pauper sum, fateor : patior. Quod di dant, fero.　　　10
Abi intro! occlude januam! Jam ego hic ero.
Cave quemquam alienum in ædis intromiseris.
Quod quispiam ignem quærat, exstingui volo,
Ne causæ quid sit, quod te quisquam quæritet.
Nam, si ignis vivet, tu exstinguere extempulo[6].　　　15

il ne ferme pas l'œil de toute la nuit, et le jour il reste assis là
du matin au soir, comme un savetier bancal.

SCÈNE III.

EUCLION, STAPHYLA.

E., *à part.* Allons, je sors l'esprit un peu plus tranquille; tout
est bien en place là-dedans, je m'en suis assuré. (*A Staphyla*.)
Rentre à présent, et fais bonne garde.

S. Vraiment oui? Faire bonne garde ! N'avez-vous pas peur
qu'on emporte la maison? Les voleurs n'ont rien à gagner chez
nous : il n'y a que des trous et des toiles d'araignée.

E. Ne faut-il pas, triple empoisonneuse, que Jupiter, pour te
faire plaisir, me donne les richesses du roi Philippe ou de Darius? J'entends qu'on me les garde, ces toiles d'araignée. Je
suis pauvre, c'est vrai, mais je m'y résigne, et je prends ce
que me donnent les dieux. Rentre et ferme la porte; je reviens dans l'instant. Ne laisse pénétrer chez moi aucun étranger. Éteins le feu, pour qu'on ne t'en demande pas; on n'aura
pas prétexte d'en venir chercher. S'il brûle encore à mon retour,

pervigilat noctis totas;
tum autem interdius
sedet domi dies totos,
quasi sutor claudus.

il veille-jusqu'au-bout des nuits entiè-
puis d'-autre-part pendant-le-jour [res;
il est-assis à-la-maison des jours entiers,
comme un cordonnier boiteux.

ACTE I. SCÈNE III.

EUCLION, STAPHYLA.

E. Egredior nunc domo
animo demum defæcato,
postquam perspexi
omnia esse salva intus.
Redi nunc jam intro,
atque serva intus.
S. Quippini?
Ego servem intus?
An, ne quis
auferat ædis?
Nam nihil aliud quæsti
est hic apud nos
furibus :
ita sunt oppletæ
inaniis atque araneis.
E. Mirum
quin Jupiter faciat me
regem Philippum
aut Darium
tua causa,
trivenefica!
Ego volo
illas araneas
servari mihi.
Sum pauper, fateor :
patior.
Fero, quod di dant.
Abi intro!
occlude januam!
Ego ero jam hic.
Cave intromiseris
in ædis
quemquam alienum.
Quod quispiam
petat ignem,
volo exstingui,
ne quid causæ sit
quod quisquam
quæritet te.
Nam, si ignis vivet,

E. Je sors maintenant de la maison
l'esprit enfin purgé-de-lie,
après-que j'ai vu-clairement
tout être sauf à-l'-intérieur.
Reviens maintenant déjà dedans,
et garde à-l'-intérieur.
S. Pourquoi-non?
Que moi je garde à-l'-intérieur?
Est-ce, de-peur-que quelqu'un
n'enlève la maison?
Car rien autre chose de gain
n'est ici chez nous
pour les voleurs :
tellement elle est remplie
de vides et de toiles-d'-araignée.
E. Il est étonnant,
que Jupiter ne fasse pas moi
un roi Philippe
ou un Darius
pour ta cause (à cause de toi),
trois-fois-empoisonneuse!
Moi je veux
ces toiles-d'-araignée
être gardées pour moi.
Je suis pauvre, je l'avoue:
je le souffre (je m'y résigne).
Je supporte ce que les dieux donnent.
Va dedans!
ferme la porte!
Moi je serai bientôt ici.
Prends-garde que tu n'aies introduit
dans la maison
qui-que-ce-soit d'étranger.
Quant-à-ce-que quelqu'un
pourrait-demander du feu,
je veux le feu être éteint,   [soit
de-peur-que quelque chose de cause ne
pour que quelqu'un
en demande à toi.
Car, si le feu vivra (vit),

Tum aquam aufugisse dicito, si quis petet.
Cultrum, securim, pistillum, mortarium,
Quæ utenda[1] vasa semper vicini rogant,
Fures venisse atque abstulisse dicito.
Profecto in ædis meas me absente neminem   20
Nolo intromitti; atque etiam hoc prædico tibi :
Si Bona Fortuna veniat, ne intromiseris.
S. Pol ea ipsa, credo, ne intromittatur, cavet :
Nam ad ædis nostras numquam adiit quaquam[2] prope.
E. Tace atque abi intro. *S.* Taceo atque abeo. *E.* Occludesis 25
Fores ambobus pessulis[3]. Jam ego hic ero.
Discrucior animi[4], quom ab domo abeundum est mihi.
Nimis hercle invitus abeo, sed, quid agam, scio :
Nam nobis nostræ qui est magister curiæ[5]
Dividere argenti dixit nummos[6] in viros;   30
Id si relinquo ac non peto, omnes ilico
Me suspicentur (credo) habere aurum domi :
Nam non est veri simile hominem pauperem
Pauxillum parvi lfacere, quin nummum petat.

je t'étouffe sans miséricorde. Si on te demande de l'eau, tu diras qu'elle s'est enfuie. Si on veut un couteau, une hache, un pilon, un mortier ou quelqu'un de ces objets que les voisins empruntent sans cesse, réponds qu'il est venu des voleurs et qu'ils ont tout enlevé. Quand je n'y suis pas, je veux qu'on ne reçoive personne : la Fortune même se présenterait, je te défends expressément de lui ouvrir.

S. Ah! elle se garde assez d'entrer chez nous. Jamais, au grand jamais, elle ne s'est approchée de notre seuil.

E. Tais-toi, et rentre.

S. Je rentre et me tais.

E. Et mets bien les deux verrous. Je ne fais qu'aller et venir. (*Staphyla rentre.*) J'enrage d'être obligé de m'absenter. C'est bien malgré moi, mais j'ai affaire. Le chef de notre curie a fait annoncer une distribution d'argent : si je ne me présente pas pour avoir ma part, on me soupçonnera bien vite d'avoir de l'or chez moi. Quelle apparence qu'un pauvre homme fasse fi même d'une obole ?

tu exstinguere extempulo.	toi, tu seras étouffée sur-le-champ,
Tum, si quis petet aquam, dicito aufugisse.	Puis, si quelqu'un demandera (demande) de l'eau, dis *elle* s'être enfuie.
Dicito fures venisse, atque abstulisse cultrum, securim, pistillum, mortarium, quæ vasa utenda vicini rogant semper.	Dis des voleurs être venus, et avoir emporté le couteau, la hache, le pilon, le mortier, [ployés lesquels ustensiles devant être em- les voisins demandent toujours.
Nolo neminem profecto intromitti in meas ædis, me absente; atque prædico etiam hoc tibi :	Je ne-veux personne assurément être introduit dans ma maison, moi étant-absent ; et je déclare même ceci à toi :
Si Bona Fortuna veniat, ne intromiseris.	Si la Bonne Fortune venait, ne *l*'aie pas introduite.
S. Pol ea ipsa, credo, cavet ne intromittatur; nam numquam adiit quaquam prope ad nostras ædis.	*S.* Par Pollux, celle-ci même, je crois, prend-garde qu'elle *ne* soit introduite ; car jamais elle n'a approché en-quelque-manière près vers notre maison.
E. Tace, atque abi intro.	*E.* Tais-toi, et va-t-en dedans.
S. Taceo, atque abeo.	*S.* Je me tais et je m'en-vais.
E. Occludesis fores ambobus pessulis. Ego ero jam hic.	*E.* Ferme-s'il-te-plaît la porte avec les deux verrous. Moi je serai bientôt ici.
Discrucior animi, quom est mihi abeundum ab domo.	Je suis tourmenté dans *mon* esprit, lorsqu'il est à moi à-partir (lorsque je de la maison. [dois partir)
Abeo nimis invitus hercle; sed scio quid agam : nam qui est magister nostræ curiæ dixit dividere nobis nummos argenti in viros;	Je pars bien malgré-moi par Hercule ; mais je sais quelle chose je dois-faire : car *celui* qui est le maître de notre curie [nous a dit distribuer (qu'il distribuerait) à des pièces d'argent par hommes ;
si relinquo id ac non peto, omnes suspicentur ilico, credo, me habere aurum domi :	si je laisse cela et ne *le* vais-pas-chercher, tous soupçonneraient aussitôt, je crois, moi avoir de l'or à la maison :
nam non est simile veri hominem pauperem facere parvi pauxillum, quin petat nummum.	car il n'est pas semblable au vrai, un homme pauvre faire (estimer) de peu *de valeur* une chose si-petite-qu'elle soit, au-point-qu'il n'aille-pas chercher une pièce *d'argent*.

Nam nunc, quom celo sedulo omnis, ne sciant,   35
Omnes videntur scire, et me benignius
Omnes salutant, quam salutabant prius;
Adeunt, consistunt, copulantur dexteras;
Rogitant me, ut valeam, quid agam, quid rerum geram.
Nunc, quo profectus sum, ibo; postidem domum   40
Me rursum, quantum potero, tantum recipiam.

ACTUS II. SCENA I.

EUNOMIA, MEGADORUS.

E. Velim, te arbitrari, me hæc verba, frater,
Meæ fidei tuæque rei
Causa facere, ut æquom est germanam sororem.
Quamquam haud falsa sum, nos odiosas haberi.
Nam multum loquaces merito omnes habemur :   5
Nec mutam profecto repertam ullam esse hodie
Mulierem dicunt ullo in sæclo.
Verum hoc, frater, unum tamen cogitato,
Tibi proxumam me, mihique esse item te :
Ita æquom est, quod in rem esse utrique arbitremur,   10

J'ai beau m'intriguer pour cacher mon secret, il semble que tout le monde le sache; on me salue avec plus de politesse qu'autrefois; on m'aborde, on s'arrête; on me donne la main; on s'informe de ma santé, de mes affaires. Mais allons vite là-bas, pour revenir encore plus vite.

ACTE II, SCÈNE I.

EUNOMIE, MÉGADORE.

E. Ce que je vous en dis, mon frère, croyez-le bien, c'est par affection et dans votre intérêt, comme il convient à une bonne sœur. Je n'ignore pas que nous avons la réputation, nous autres femmes, d'être tant soit peu importunes. On nous trouve passablement bavardes, et l'on n'a pas tout à fait tort; on dit même qu'on n'a jamais vu de femme muette. Mais, mon frère, après tout, songez-y, nous sommes l'un à l'autre nos plus proches parents. Il est juste que chacun de nous se préoccupe

Nam nunc,	Car maintenant,
quom celo sedulo omnis,	quand je cache soigneusement à tous,
ne sciant,	pour qu'ils ne *le* sachent pas,
omnes videntur scire,	tous paraissent *le* savoir,
et omnes salutant me	et tous saluent moi
benignius	plus affectueusement
quam salutabant prius;	qu'ils *ne me* saluaient précédemment;
adeunt, consistunt,	ils *m'*abordent, ils s'arrêtent,
copulantur dexteras;	ils unissent les *mains* droites ;
rogitant me,	ils demandent à moi
ut valeam,	comment je me porte,
quid agam,	quelle chose je fais,
quid rerum geram.	quoi des choses j'exécute.
Nunc ibo	Maintenant j'irai
quo sum prcfectus;	où (à l'endroit pour lequel) je suis parti;
postidem	ensuite
recipiam rursum me	je retirerai de-nouveau moi
domum,	à la maison,
tantum quantum potero.	autant (aussi vite) que je pourrai.

ACTE II. SCÈNE I.

EUNOMIE, MÉGADORE.

E. Velim	*E.* Je voudrais
te arbitrari, frater,	toi penser, *mon* frère,
me facere hæc verba	moi faire (prononcer) ces paroles
causa meæ fidei	à cause de mon attachement *pour toi*
tuæque rei,	et de ton intérêt,
ut est æquom	comme il est juste
sororem germanam.	une sœur germaine *le faire.*
Quanquam	Quoique
haud sum falsa	je ne sois pas trompée (je n'ignore pas)
nos haberi odiosas.	nous être réputées importunes.
Nam omnes habemur	Car toutes nous sommes réputées
merito	justement
multum loquaces :	bien bavardes :
et dicunt	et ils disent (on dit)
ullam mulierem mutam	aucune femme muette
non esse repertam profecto	n'avoir été trouvée certainement
hodie	aujourd'hui (jusqu'à aujourd'hui)
in ullo sæclo.	dans aucun siècle.
Verum tamen, frater,	Mais cependant, *mon* frère,
cogitato hoc unum,	pense à ceci seul,
me esse proxumam tibi,	moi être la plus proche pour toi,
teque item mihi :	et toi de même pour moi :
ita est æquom	ainsi il est juste
et te consulere mihi,	et toi songer à moi,
et me tibi,	et moi à toi,

Et mihi te, et tibi me consulere et monere;
Neque occultum id haberi, neque metu mussari,
Quin [1] participem pariter ego te, et tu me ut facias.
Eo [2] nunc ego secreto te huc foras seduxi,
Uti tuam rem ego tecum hic loquerer familiarem.   15
M. Da mi, optuma femina, manum. *E.* Ubi ea est? et quis [3]
  ea est nam optuma?
M. Tu. *E.* Tune ais? *M.* Si negas, nego. *E.* Decet te quidem
  vera proloqui.
Nam optuma nulla potest eligi ; alia alia pejor, frater, est.
M. Idem ego arbitror,
Nec tibi advorsari certum est de istac re umquam, soror. 20
E. Da mi operam, amabo [4].
M. Tua est. Utere, atque impera, sis.
E. Id quod in rem tuam optumum esse arbitror,
Te id admonitum advento. *M.* Soror,
More tuo facis. *E.* Factum volo [5]. *M.* Quid est id, soror? 25
E. Quod tibi sempiternum
Salutare sit liberis procreandis.
M. Ita di faxint [6]! *E.* Volo te uxorem

du bonheur de l'autre, et le conseille, et ne se taise pas par timidité ; nous ne devons rien nous cacher. C'est pour cela que je vous
ai pris ici en particulier ; je veux vous entretenir de vos intérêts.
    M. Touchez là, excellente femme !
    E., regardant autour d'elle. Où est-elle ? qui est cette excel-
lente femme ?
    M. Eh ! vous-même.
    E. Moi ?
    M. Si vous dites non, je me rétracte.
    E. Vous ne devez dire que la vérité. Il n'y a point d'excellente
femme ; il en est de pires que d'autres, voilà tout.
    M. Je le crois aussi et ne m'aviserai jamais de batailler là-dessus
avec vous, ma sœur.
    E. De grâce, écoutez-moi.
    M. Je suis tout à vous ; disposez de moi, commandez.
    E. Je suis venue pour vous conseiller une chose qui, je pense,
vous sera très-avantageuse.
    M. Je vous reconnais bien là, ma sœur.
    E. Cela vous plaît à dire.
    M. Enfin, de quoi s'agit-il, ma sœur ?
    E. Pour vous rendre heureux à jamais, et pour vous voir père
d'une nombreuse famille.
    M. Que les dieux vous entendent !
    E. Je veux que vous preniez femme.

et monere	et conseiller
quod arbitremur esse	*ce* que nous penserions être
in rem utrique;	dans l'intérêt à-l'un–et–à–l'autre ;
neque id	ni cela
haberi occultum,	être tenu caché, [par crainte,
neque mussari metu,	ni être murmuré-tout-bas (dissimulé)
quin ego pariter	au-point-que moi *je ne fasse* pas pa-
te participem,	toi initié à *mes pensées*, [reillement
et ut tu facias me.	et que toi tu *ne* fasses *pas* moi *initiée*
Ego seduxi te	Moi j'ai tiré toi [*aux tiennes*).
nunc eo	maintenant pour cela
huc secreto foras,	ici à-l'écart dehors,
uti ego	afin que moi
loquerer hic tecum	je parlasse ici avec-toi
tuam rem familiarem.	de ton intérêt domestique.
M. Da mi manum,	*M.* Donne-moi la main,
femina optuma.	femme très-bonne.
E. Ubi est ea?	*E.* Où est celle-là?
et quis nam est ea optuma?	et qui est cette très-bonne?
M. Tu.	*M.* Toi.
E. Tune ais?	*E.* Est-ce toi *qui le* dis?
M. Si negas, nego.	*M.* Si tu dis-non, je dis-non.
E. Decet te quidem	*E.* Il convient toi certes
proloqui vera.	dire des choses vraies.
Nam nulla potest	Car aucune ne peut
eligi optuma;	être choisie *comme* très-bonne;
alia, frater,	une, *mon* frère,
est pejor alia.	est pire qu'une autre.
M. Ego arbitror idem,	*M.* Moi je pense la même chose,
et est certum	et il est décidé
me non advorsari umquam	moi ne contrarier jamais
tibi, soror,	toi, ma sœur,
de istac re.	touchant cette chose. [tion),
E. Da mi operam,	*E.* Donne-moi *ton* secours (ton atten-
amabo.	je *t'*aimerai (je t'en prie).
M. Est tua,	*M.* Il est tien,
utere, atque impera, sis.	uses-*en*, et commande, si-tu-veux.
E. Advento monitum te	*E.* Je viens conseiller à toi
id quod arbitror esse	ce que je pense être
optumum in tuam rem.	le meilleur pour ton intérêt.
M. Soror,	*M.* *Ma* sœur,
facis tuo more.	tu agis selon ton habitude. [*tu désires.*
E. Volo factum.	*E.* Je veux *être* fait (qu'il soit fait) *comme*
M. Quid est id, soror?	*M.* Qu'est cela, *ma* sœur?
E. Quod sit tibi	*E.* *Ce qui* serait pour toi
salutare sempiternum	salutaire à-tout-jamais
liberis procreandis.	pour des enfants devant être engendrés.
M. Di faxint ita!	*M.* Que les dieux aient fait ainsi!
E. Volo te ducere	*E.* Je veux toi emmener
uxorem domum.	une épouse à la maison.

Domum ducere. *M.* Hei, occidis! *E.* Quid ita?
M. Quia mi misero cerebrum excutiunt   30
Tua dicta, soror; lapides loqueris [1].
E. Heia.
Hoc face, quod te jubet soror. *M.* Si lubeat, faciam.
E. In rem hoc tuam est. *M.* Ut emoriar, priusquam du-
    cam.
Quæ cras veniat, perendie foras feratur.   35
His legibus quam dare vis, cedo [2], nuptias adorna.
E. Quam maxuma possum tibi, frater, dare dote :
Sed est grandior natu ; media est mulieris ætas.
Eam si jubes, frater, tibi me poscere, poscam.
M. Numne [3] vis me interrogare te? *E.* Immo si quid vis
    roga.   40
M. Post mediam ætatem qui mediam ducit uxorem domum,
Si eam senex anum prægnantem fortuitu fecerit,
Quid dubitas, quin sit paratum nomen puero Postumus [4]?
Nunc ego istum, soror, laborem demam et deminuam tibi.
Ego virtute deum et majorum nostrum [5] dives sum satis : 45
Istas magnas factiones [6], animos, dotis dapsilis [7],
Clamores, imperia, eburna vehicla, pallas, purpuram,

M. Ah ! c'est fait de moi!
E. Qu'avez-vous?
M. Ce que vous dites là me bouleverse la cervelle; quel coup de
massue !
E. Eh ! suivez les conseils de votre sœur.
M. Sans doute, s'il m'en prend fantaisie.
E. C'est ce que vous pouvez faire de mieux.
M. Oui, que de crever avant de me marier. Trouvez-moi une
femme que je puisse épouser demain et enterrer après-demain. Si
cela vous va, soit, préparez la noce.
E. Je puis, mon frère, vous donner une femme richement dotée,
mais elle est plus que majeure : c'est une fille entre deux âges.
Si vous le voulez, mon frère, je demanderai sa main pour vous.
M. Me permettez-vous une question?
E. Je vous écoute.
M. Quand un homme est sur le retour et qu'il épouse une
femme entre deux âges, si le hasard veut que la vieille devienne
enceinte, ne pensez-vous pas que le nom de l'enfant est tout
trouvé et qu'il s'appellera Postumus? mais j'ai à cœur, ma chère
sœur, de vous épargner ce soin et ces inquiétudes. Grâce aux
dieux et à nos ancêtres, j'ai du bien à ma suffisance. Je me soucie
peu de nos grandes dames, avec leur orgueil, leurs dots magnifiques, leurs criailleries, leurs caprices, leurs chars d'ivoire,

M. Hei, occidis!
E. Quid ita?
M. Quia tua dicta, soror,
excutiunt cerebrum
mi misero ;
loqueris lapides.
E. Heia! face hoc
quod soror jubet te.
M. Faciam, si lubeat.
E. Hoc est in tuam rem.
M. Ut emoriar,
priusquam ducam.
Feratur foras perendie,
quæ veniat cras.
Cedo his legibus
quam vis dare,
adorna nuptias.
E. Possum, frater,
dare tibi dote
quam maxuma :
sed est grandior natu ;
ætas mulieris
est media.
Poscam eam,
si jubes, frater,
me poscere tibi.
M. Numne vis
me interrogare te ?
E. Immo, roga,
si vis quid.
M. Qui post ætatem
mediam
ducit domum
uxorem mediam,
si senex fecerit fortuitu
eam anum prægnantem,
quid dubitas
quin Postumus sit nomen
paratum puero ?
Nunc ego, soror,
demam et deminuam tibi
istum laborem.
Ego sum satis dives
virtute deum
et nostrum majorum :
moror nil
istas magnas factiones,
animos, dotis dapsilis,
clamores, imperia,
vehicla eburna,

M. Hélas, tu *me* tues!
E. Qu'*est-ce* ainsi?
M. Parce que tes paroles, *ma* sœur,
font-jaillir la cervelle
à moi malheureux;
tu parles de pierres.
E. Eh! fais cela
que *ta* sœur ordonne toi *faire.*
M. Je *le* ferai, s'il *me* plaît.
E. C'est pour ton intérêt.
M. Que je meure,   [maison.
avant que j'emmène *une épouse à la*
Qu'elle soit portée dehors après-demain,
celle qui viendrait demain.
Donne à ces conditions
celle que tu veux donner,
prépare les noces.
E. Je puis, frère,
en donner *une* à toi avec une dot
la plus grande possible :   [l'âge;
mais elle est plus (assez) grande par
l'âge de *cette* femme
est moyen.
Je demanderai elle,
si tu ordonnes, frère,
moi *la* demander pour toi.
M. Est-ce-que tu veux
moi interroger toi ?
E. Bien-plus, demande,
si tu veux *demander* quelque chose.
M. *Celui* qui après l'âge
moyen
emmène à la maison
une épouse moyenne (d'un âge moyen),
si vieux il aura fait fortuitement
cette vieille grosse,
en quoi doutes-tu
que Postumus ne soit le nom
préparé pour l'enfant ?
Maintenant moi, *ma* sœur,
j'ôterai et je retrancherai pour toi
cette peine.
Moi je suis assez riche
par le pouvoir (l'aide) des dieux
et de nos ancêtres :   [cie en rien de)
Je ne m'arrête en rien à (je ne me sou-
ces grandes influences,
ces orgueils, *ces* dots magnifiques,
ces cris, *ces* ordres,
ces chars d'-ivoire,

Nil moror, quæ in servitutem sumptibus redigunt viros.

E. Dic mihi, quæso, quis ea est, quam vis ducere uxorem?

M. Eloquar.

Nostin hunc senem Euclionem ex proxumo pauperculum?   50

E. Novi hominem haud malum mecastor. *M.* Ejus cupio filiam

Virginem mihi desponderi. Verba ne facias, soror :

Scio quid dictura es : hanc esse pauperem. Hæc pauper placet.

E. Di bene vortant! *M.* Idem ego spero. *E.* Quid? me numquid vis[1]? *M.* Vale.

E. Et tu, frater. *M.* Ego conveniam Euclionem, si domi est.   55

Sed eccum; nescio unde sese nunc homo recipit domum.

ACTUS II. SCENA II.

EUCLIO, MEGADORUS.

E. Præsagibat[2] mi animus, frustra me ire[5], quom exibam domo:

Itaque abibam invitus : nam neque quisquam curialium

Venit, neque magister, quem dividere argentum oportuit.

---

leurs manteaux de pourpre, et mille dépenses qui font du mari un esclave.

E. Alors, quelle est celle que vous voulez épouser

M. Vous allez le savoir. Connaissez-vous le vieil Euclion, un pauvre homme qui demeure ici près?

E. Oui, un assez brave homme, je crois.

M. Eh bien! je veux épouser sa fille. Pas tant de paroles, ma sœur; je sais ce que vous allez me dire; elle est pauvre, mais pauvre elle me plaît.

E. Que les dieux vous soient en aide!

M. Je l'espère bien.

E. Avez-vous autre chose à me dire?

M. Adieu!

E. Bonjour, mon frère. (*Elle sort.*)

M. Je vais voir si Euclion est chez lui : mais le voici. Je n'imagine pas d'où il peut venir.

SCÈNE II.

EUCLION, MÉGADORE.

E., *sans voir Mégodore.* Quelque chose me disait bien, quand je suis sorti, que je faisais une course inutile. Aussi je m'en allais malgré moi. Personne de la curie ne s'est présenté, ni même le chef, qui devait faire cette distribution d'argent.

pallas, purpuram, / *ces* manteaux, *cette* pourpre,
quæ redigunt viros / qui réduisent les maris
in servitutem / en esclavage
sumptibus. / par les dépenses.
E. Dic mihi, quæso, / *E.* Dis-moi, je *te* prie,
quis est ea quam vis / qui est celle que tu veux
ducere uxorem ? / emmener *comme* épouse ?
M. Eloquar. / *M.* Je *le* dirai.
Nostin / Connais-tu
hunc senem Euclionem / ce vieil Euclion
ex proxumo / du voisinage
pauperculum ? / assez-pauvre ?
E. Novi hominem / *E.* Je connais l'homme
haud malum mecastor. / non mauvais, par Castor.
M. Cupio filiam ejus / *M.* Je désire la fille de lui
virginem desponderi mihi. / vierge être fiancée à moi. [les, sœur :
Ne facias verba, soror : / Ne fais pas (ne prononce pas) de paro-
scio quid es dictura : / je sais quoi tu es devant dire :
hanc esse pauperem. / celle-ci être pauvre.
Hæc pauper placet. / Celle-ci *étant* pauvre *me* plaît.
E. Di vortant bene ! / *E.* Que les dieux tournent bien *l'affaire!*
M. Ego spero idem. / *M.* Moi j'espère la même chose.
E. Quid ? / *E.* Quoi ? [que chose ?
Numquid vis me ? / Est-ce-que tu veux me *demander* quel-
M. Vale. / *M.* Porte-toi-bien.
E. Et tu, frater. / *E.* Aussi toi, *mon* frère.
M. Ego conveniam / *M.* Moi j'irai-trouver
Euclionem, / Euclion,
si est domi. / s'il est à la maison.
Sed eccum. / Mais voici-lui.
Nescio unde homo / Je-ne-sais d'où *cet* homme
sese recipit nunc / se retire (revient) maintenant
domum. / dans *sa* maison.

ACTE II. SCÈNE II.

EUCLION, MÉGADORE.

E. Animus / *E.* L'esprit
præsagibat mi, / présageait à moi,
me ire frustra, / moi aller en vain,
quom exibam domo : / quand je sortais de la maison :
itaque abibam invitus : / c'est pourquoi je partais malgré-moi :
nam neque quisquam / car ni quelqu'un
curialium / de *mes* compagnons-de-curie
venit, / *n*'est venu,
neque magister, / ni le maître,
quem oportuit / lequel il fallut (qui devait)
dividere argentum. / distribuer l'argent.

Nunc domum properare propero[1] : nam egomet sum hic,
　animus domi est.

M. Salvos atque fortunatus, Euclio, semper sies.　　　　5

E. Di te ament, Megadore. *M.* Quid tu[2]? recten atque ut
　vis vales?

E. Non temerarium est, ubi dives blande adpellat paupe-
　rem :

Jam illic homo aurum me scit habere : eo me salutat blan-
　dius.

M. Ain tu te valere? *E.* Pol ego haud a pecunia perbene.

M. Pol si est animus æquos tibi, sat habes, qui[3] bene vi-
　tam colas.　　　　　　　　　　　　　　　　　　10

E. Anus hercle huic indicium fecit de auro : perspicue pa-
　lam est;

Quoi ego jam linguam præcidam atque oculos effodiam domi.

M. Quid tu solus tecum loquere? *E.* Meam pauperiem con-
　queror :

Virginem habeo grandem, dote cassam atque inlocabi-
　lem;

Neque eam queo locare quoiquam[4]. *M.* Tace; bonum habe
　animum, Euclio :　　　　　　　　　　　　　　15

Dabitur : adjuvabere a me. Dic, si quid opu'st; impera.

E. Nunc petit, quom pollicetur; inhiat aurum, ut devoret;

Je me hâte de rentrer, car tandis que je suis ici ma pensée est à
la maison.

M. Salut, Euclion! puissiez-vous être toujours heureux!

E. Les dieux vous protégent, Mégadore!

M. Eh bien! la santé est-elle aussi bonne que vous le désirez?

E., *à part.* Ce n'est jamais sans cause que le riche aborde poli-
ment le pauvre. Voilà un homme qui sait que j'ai de l'or; c'est
pour cela qu'il est si poli.

M. Que dites-vous? cela va bien?

E. Eh! la bourse ne va guère.

M. Bon, si vous savez vous contenter, vous avez assez pour vivre
heureux.

E., *à part.* La vieille coquine lui aura parlé de mon or; c'est
clair comme le jour. Mais, une fois à la maison, je lui couperai la
langue et lui crèverai les yeux. .

M. Qu'avez-vous donc à parler tout seul?

E. Je gémis de ma pauvreté. J'ai une grande fille, mais sans
dot, et qui n'est pas de défaite; je ne puis lui trouver un parti.

M. Chut! et bon courage, Euclion. Elle sera dotée; je vous aide-
rai. Que désirez-vous? vous n'avez qu'à parler.

E., *à part.* — Voilà des promesses qui ressemblent fort à
une demande ; il convoite mon or, il veut le dévorer.

Propero nunc
properare domum :
nam egomet sum hic,
animus est domi.
M. Sies semper, Euclio,
salvos atque fortunatus !
E. Di ament te,
Megadore !
M. Quid tu?
Valesne recte,
atque ut vis?
E. Ubi dives
appellat pauperem blande,
non est temerarium.
Illic homo scit
me habere jam aurum :
salutat me blandius eo.
M. Ain tu te valere?
E. Pol ego haud perbene
a pecunia.
M. Pol si animus æquos
est tibi,
habes sat,
qui colas bene vitam.
E. Hercle anus fecit
indicium huic de auro :
est perspicue palam ;
quoi ego
præcidam jam linguam
atque effodiam oculos domi.
M. Quid loquere tu
solus tecum ?
E. Conqueror
meam pauperiem :
habeo virginem grandem,
cassam dote,
atque inlocabilem ;
neque queo locare eam
quoiquam.
M. Tace ;
habe bonum animum,
Euclio :
dabitur ;
adjuvabere a me.
Dic, impera,
si quid est opus.
E. Nunc petit,
quom pollicetur ;
inhiat aurum,
ut devoret ;

Je me hâte maintenant
de me hâter vers la maison :
car moi je suis ici,
mon esprit est à la maison.
M. Sois toujours, Euclion,
sauf et heureux !
E. Que les dieux aiment toi,
Mégadore !
M. Que *fais*-tu? (comment es-tu?)
te portes-tu bien,
et comme tu *le* veux ?
E. Quand un riche   [sement,
adresse-la-parole à un pauvre affectueu-
ce n'est pas chose fortuite.
Cet homme sait
moi avoir maintenant de l'or : [cela.
il salue moi plus affectueusement pour
M. Dis-tu toi te bien-porter ?
E. Par Pollux, moi pas très-bien
du-côté-de l'argent.
M. Par Pollux, si un esprit raisonnable
est à toi,
tu as assez,
avec quoi tu soutiennes bien *ta* vie.
E. Par Hercule, la vieille a fait
révélation à celui-ci de *mon* or :
c'est clairement à-découvert ;
à laquelle *vieille* moi
je couperai bientôt la langue
et j'arracherai les yeux à la maison.
M. Que dis-tu
seul avec-toi?
E. Je me plains
de ma pauvreté :
j'ai une jeune-fille grande
dépourvue de dot,
et non-facile-à-placer ;
et je ne puis placer (donner) elle
à qui-que-ce-soit.
M. Tais-toi ;
aie bon courage,
Euclion :
il *te* sera donné ;
tu seras aidé par moi.
Dis, commande,
si quelque chose est nécessaire *à toi*.
E. Maintenant il demande,
lorsqu'il promet ;
il a-la-bouche-béante-vers *mon* or,
afin qu'il *le* dévore ;

Altera manu fert lapidem, panem ostentat altera.
Nemini credo, qui large blandu'st dives pauperi :
Ubi manum injicit benigne, ibi onerat aliquam zamiam[1]. 20
Ego istos novi polypos, qui, ubi quidque tetigerint, tenent.
M. Da mi operam parumper : paucis, Euclio, est quod te volo[2]
De communi re appellare mea et tua. *E.* Heu misero
   mihi !
Aurum mi intus harpagatum[3] est : nunc hic eam rem volt,
   scio,
Mecum adire ad pactionem : verum intervisam domum. 25
M. Quo abis? *E.* Jam huc ad te revortar : nam est, quod
   invisam domum.
M. Credo edepol[4], ubi mentionem ego fecero de filia,
Mihi ut despondeat, sese a me derideri rebitur.
Neque illo quisquàm est alter hodie ex paupertate[5] parcior.
E. Di me servant : salva res est : salvom est, si quid non
   perit[6]. 30
Nimis male timui ; priusquam intro redii, exanimatus fui.
Redeo ad te, Megadore, si quid me vis. *M.* Habeo gratiam.
Quæso, quod te percontabor, ne id te pigeat proloqui.

D'une main il tient une pierre, de l'autre il montre du pain. Je ne me fie point à un richard qui fait tant de caresses à un pauvre homme. Dès qu'en le cajolant il lui a jeté le grappin, la perte n'est pas loin. Je connais ces polypes qui, une fois attachés, ne lâchent plus prise.

M. Écoutez-moi un moment, Euclion : je n'ai que deux mots à vous dire, dans votre intérêt comme dans le mien.

E., *à part.* Ah ! malheureux ! on m'a volé mon or. Il veut entrer en accommodement. Je cours faire un tour à la maison.

M. Où allez-vous?

E. Je reviens ; j'ai quelque chose à voir là-dedans. (*Il sort.*)

M. Quand je lui demanderai la main de sa fille, il croira que je me moque de lui, cela n'est pas douteux. C'est bien de tous les pauvres le plus ladre qu'on puisse trouver.

E., *à part.* Grâce aux dieux, tout est sauvé.... tout, s'il n'y a rien de pris. J'ai eu bien peur, avant de rentrer ; j'étais plus mort que vif. (*Haut.*) Me voici revenu, Mégadore, et tout à vous.

M. Bien obligé. Mais, de grâce, veuillez répondre à mes questions.

fert lapidem altera manu,	il porte une pierre d'une main,
ostentat panem altera.	il montre du pain de l'autre.
Credo nemini	Je ne me fie pas à un homme
qui, dives,	qui, *étant* riche, [pauvre :
est large blandus pauperi :	est grandement caressant pour un
onerat aliquam zamiam,	il impose-comme-charge quelque pré-
ibi ubi injicit manum	là où il met la main [judice,
benigne.	avec-douceur.
Ego novi istos polypos,	Moi je connais ces polypes, [soit,
qui, ubi tetigerint quidque,	qui, dès qu'ils ont touché quoi-que-ce-
tenent.	*le* tiennent. [tion)
M. Da mi operam	*M.* Donne-moi *ton* secours (ton atten-
parumper :	pour-peu-de-temps : [veux
est, Euclio, quod volo	il est, Euclion, *un motif pour* lequel je
te appellare paucis	te parler en peu *de mots*
de re communi	sur un intérêt commun
mea et tua.	mien et tien.
E. Heu mihi misero!	*E.* Hélas pour moi malheureux!
aurum est harpagatum mi	l'or a été-volé à moi
intus :	à-l'-intérieur :
nunc hic volt, scio,	maintenant celui-ci veut, je *le* sais,
eam rem,	cette chose,
adire mecum ad pactionem.	venir avec-moi à un accommodement.
Verum intervisam domum.	Mais je visiterai la maison.
M. Quo abis?	*M.* Où t'en-vas-tu?
E. Revortar jam huc	*E.* Je reviendrai bientôt ici
ad te :	auprès-de toi :
nam est quod	car il est *un motif pour* que
intervisam domum.	je visite *ma* maison. [que moi
M. Credo edepol, ubi ego	*M.* Je *le* crois, par le dieu-Pollux, dès
fecero mentionem de filia,	j'aurai fait mention de *sa* fille,
ut despondeat mihi,	afin qu'il *la* marie à moi,
rebitur	il pensera
sese derideri a me.	lui-même être moqué par moi.
Neque quisquam alter	Ni quelque autre
ex paupertate	parmi la foule-des-pauvres
est hodie parcior illo.	n'est aujourd'hui plus chiche que lui.
E. Di servant me :	*E.* Les dieux gardent moi :
res est salva :	la chose est sauve :
est salvum,	*cela* (mon trésor) est sauf,
si quid non perit.	si quelque chose n'est pas perdu.
Timui nimis male ;	J'ai craint bien fortement;
fui exanimatus,	j'ai été sans-vie,
priusquam redii intro.	avant que je sois retourné dedans.
Redeo ad te, Megadore,	Je reviens à toi, Mégadore,
si vis me quid.	si tu veux me *dire* quelque chose.
M. Habeo gratiam.	*M.* Je *t'en* ai de la reconnaissance.
Quæso, ne pigeat te	Je *t'en* prie, qu'il ne fâche pas toi
proloqui id	de dire ce
quod percontabor te.	que je demanderai à toi.

E. Dum quidem ne quid perconteris, quod non lubeat proloqui.
M. Dic mihi : quali me arbitrare genere prognatum ?
E. Bono.   35
M. Quid fide [1] ? *E.* Bona, *M.* Quid factis ? *E.* Neque malis,
neque improbis.
M. Ætatem [2] meam scis ? *E.* Scio esse grandem, itidem ut
pecuniam.
M. Certe edepol equidem te civem sine mala omni malitia [3]
Semper sum arbitratus, et nunc arbitror. *E.* Aurum huic olet.
Quid nunc me vis ? *M.* Quoniam tu me et ego te, qualis sis,
scio :   40
Quæ res recte vortat mihique tibique tuæque filiæ,
Filiam tuam mi uxorem posco. Promitte hoc fore.
E. Heia, Megadore, haud decorum facinus tuis factis facis,
Ut inopem atque innoxium abs te atque abs tuis me irrideas :
Nam de te neque re neque verbis merui, ut faceres quod facis. 45
M. Neque edepol ego te derisum venio, neque derideo,
Neque dignum arbitror. *E.* Cur igitur poscis meam gnatam
tibi ?
M. Ut propter me tibi sit melius mihique propter te et tuos.

E. Volontiers, pourvu que vous ne me demandiez rien à quoi
je ne veuille répondre.
M. Dites-moi, que pensez-vous de ma naissance ?
E. Bonne.
M. De ma probité ?
E. Bonne.
M. De ma conduite ?
E. Rien à y reprendre assurément.
M. Savez-vous mon âge ?
E. Je sais que ni les années ne vous manquent ni les écus.
M. Pour moi, je vous ai toujours considéré et vous considère en-
core comme un homme irréprochable.
E., *à part.* Il flaire mon or. (*Haut.*) Où voulez-vous en venir ?
M. Puis donc que vous me connaissez et que je vous connais,
je vous demande votre fille en mariage, et j'espère que ce sera
pour notre bien à tous deux et pour le sien. Donnez-moi votre
parole.
E. Ah ! Mégadore, il ne sied guère à un homme comme vous de
railler un pauvre hère qui ne vous a fait aucun mal, à vous ni
aux vôtres. Ni mes actions ni mes paroles n'ont mérité cela de
vous.
M. Sur mon honneur, je ne suis pas venu pour me moquer ; je
ne plaisante nullement, ce serait en user mal avec vous.
E. Alors pourquoi me demander la main de ma fille ?
M. Pour assurer votre bonheur, tandis que vous et les vôtres
assurerez le mien.

E. Dum quidem
ne perconteris quid,
quod non lubeat proloqui.

E. Pourvu que à-vrai-dire
tu ne demandes pas quelque chose,
qu'il ne *me* plaise pas de dire.

M. Dic mihi :
quali genere arbitrare
me prognatum ?

M. Dis-moi :
de quelle race penses-tu
moi *être* né ?

E. Bono.

E. D'une bonne.

M. Quid fide ?

M. Et de *quelle* probité *crois-tu moi être ?*

E. Bona.

E. D'une bonne.   [duite) ?

M. Quid factis ?   [probis.

M. Et de *quelles* actions (de quelle con-

E. Neque malis neque im-

E. Ni mauvaises, ni déshonnêtes.

M. Scis meam ætatem ?

M. Tu sais mon âge ?

E. Scio esse grandem,
itidem ut pecuniam.

E. Je sais *lui* être grand,
de même comme (que) *ton* argent.

M. Certe edepol
equidem sum arbitratus
semper
te civem
sine omni mala malitia,
et arbitror nunc.

M. Certes par le dieu-Pollux
assurément j'ai pensé
toujours
toi *être* un citoyen
sans aucune mauvaise finesse,
et je *le* pense maintenant.   [ci.

E. Aurum olet huic.
Quid vis me nunc ?

E. *Mon* or exhale- une-odeur pour celui-
Que veux-tu me *dire* maintenant ?

M. Quoniam tu me,
et ego scio te,
qualis sis,
posco uxorem mi
tuam filiam :
quæ res vertat bene
mihique tibique
tuæque filiæ.
Promitte hoc fore.

M. Puisque tu me *connais*,
et *que* moi je connais toi,
qui tu es,
je demande *comme* épouse pour moi
ta fille :
laquelle chose puisse-t-elle-tourner bien
et pour moi et pour toi
et pour ta fille.
Promets-*moi* cela devoir être.

E. Heia, Megadore,
facis facinus
haud decorum tuis factis,
ut irrideas me
inopem atque innoxium
abs te atque abs tuis :
nam merui de te,
neque re neque verbis,
ut faceres quod facis.

E. Ah ! Mégadore,
tu fais une action
non convenable à tes actions,
que tu te moques de moi
pauvre et inoffensif
du-côté-de toi et du-côté-des tiens :
car je *n'*ai mérité de toi,
ni en action ni en paroles,
que tu fisses *ce* que tu fais.

M. Neque ego edepol
venio derisum te,
neque derideo,
neque arbitror dignum.

M. Ni moi, par le dieu-Pollux !
je *ne* viens me moquer de toi,
ni je *ne* m'*en* moque,
ni je *ne* pense *cela* mérité.

E. Qui igitur poscis tibi
meam gnatam ?

E. Pourquoi donc demandes-tu pour toi
ma fille ?

M. Ut sit melius tibi
propter me,
mihique
propter te tuosque.

M. Afin qu'il soit mieux à toi
à-cause-de moi,
et *mieux* à moi
à-cause-de toi et des tiens.

E. Venit hoc mi, Megadore, in mentem te esse hominem
  divitem,
Factiosum; me autem esse hominem pauperum pauperru-
  mum.   50
Nunc si filiam locassim[1] meam tibi, in mentem venit
Te bovem esse, et me esse asellum. Ubi tecum conjunctus
  siem,
Ubi onus nequeam ferre pariter, jaceam ego asinus in
  luto;
Tu me bos magis haud respicias, gnatus quasi[2] numquam
  siem;
Et te utar iniquiore, et meus me ordo irrideat.   55
Neutrubi habeam stabile stabulum, si quid divorti fuat[3]:
Asini mordicus me scindant, boves incursent cornibus.
Hoc magnum est periclum, me ab asinis ad boves trans-
  cendere.
M. Quam ad probos propinquitate proxume te adjunxeris,
Tam optumum[4] est. Tu condicionem hanc accipe, ausculta
  mihi,   60
Atque eam desponde mi. *E.* At nihil est dotis quod dem.
  M. Ne duas[5],
Dum modo morata recte veniat, dotata est satis.
E. Eo dico ne me thesauros repperisse censeas.

E. Je songe, Mégadore, que vous êtes riche et puissant; moi, je
suis pauvre, et plus que pauvre. Si je vous donne ma fille, j'imagine que vous serez le bœuf et moi l'âne. Une fois attelé avec vous,
s'il ne peut porter la même charge, maître baudet tombera bel et
bien dans la boue, et notre seigneur le bœuf ne le regardera pas
plus que s'il n'existait pas. Vous me rudoierez, et ceux de ma classe
se riront de moi. Plus d'étable où me réfugier, si nous venons à
divorcer ensemble. Les ânes me déchireront à belles dents, les
bœufs me poursuivront à coups de cornes. Voilà ce que je risque,
si je quitte les baudets pour m'allier aux bœufs.

M. Plus on s'allie de près avec d'honnêtes gens, et mieux on s'en
trouve. Agréez mon offre, ne faites pas la sourde oreille, et accor-
dez-moi votre fille.

E. Mais je n'ai pas de dot à lui donner.

M. Vous n'en donnerez pas. Qu'elle soit sage, c'est une dot assez belle.

E. Je vous le dis pour que vous n'alliez pas vous figurer que
j'ai trouvé des trésors.

E. Hoc venit mi in mentem, | *E.* Ceci vient à moi en l'esprit,
Megadore, | Mégadore,
te esse hominem divitem, | toi être un homme riche,
factiosum ; | puissant ;
me autem esse hominem | moi d'-autre-part être un homme
pauperrumum pauperum. | le plus pauvre des pauvres.
Nunc si locassim tibi | Maintenant si j'ai placé (donné) à toi
meam filiam, | ma fille,
venit in mentem | il *me* vient en l'esprit
te esse bovem, | toi être le bœuf,
et me esse asellum. | et moi être l'âne.
Ubi siem conjunctus tecum, | Quand je serais attelé avec-toi,
ubi nequeam | attendu-que je-ne-pourrais
ferre pariter onus, | supporter pareillement la charge,
ego asinus jaceam | *que* moi âne je serais-gisant
in luto ; | dans la boue ;
tu bos | toi bœuf   [plus
haud respicias me magis | tu ne regarderais-pas-derrière *toi* moi
quasi siem numquam | que-si je n'étais jamais
gnatus ; | né ;
et utar te iniquiore, | et j'userais de toi plus malveillant,
et meus ordo | et mon ordre (les pauvres comme moi)
irrideat me. | se moquerait de moi.   [autre
Habeam neutrubi | Je n'aurais ni-dans-un-lieu-ni-dans-un
stabulum stabile, | une étable assurée,
si quid divorti fuat : | si quelque chose de séparation a-lieu :
asini scindant me | les ânes déchireraient moi
mordicus, | en-mordant,   [cornes.
boves incursent cornibus. | les bœufs *me* courraient-sus avec *leurs*
Hoc est magnum periclum, | C'est un grand péril,
me transcendere | moi passer
ab asinis ad boves. | des ânes aux bœufs.
M. Est tam optimum, | *M.* La chose est d'autant la meilleure,
quam adjunxeris te | que tu auras uni toi
proxume | de plus près
propinquitate | par la parenté
ad probos. | à d'honnêtes *gens.*
Tu accipe | Toi accepte
hanc condicionem, | cette proposition,
ausculta mihi, | écoute-moi,
atque despondie eam mi. | et fiance-la à moi.
E. At nihil dotis est | *E.* Mais rien de dot (aucune dot) n'est
quod dem. | que je puisse-donner.
M. Ne duas, | *M.* N'*en* donne pas,
est satis dotata, | elle est assez dotée,
dummodo veniat | pourvu qu'elle vienne
morata bene. | ayant-des-mœurs bien (bonne ?).
E. Dico eo, | *E.* Je *le* dis pour cela ?
ne censeas | afin que tu ne penses pas
me repperisse thesauros. | moi avoir trouvé des trésors.

M. Novi : ne doceas. Desponde. *E.* Fiat. Sed, pro Juppiter!
Num ego disperii? *M.* Quid tibi est? *E.* Quid crepuit quasi
   ferrum modo ?   65
Nimirum occidor nisi ego intro huc propere propero cur-
   rere.
M. Hic apud me hortum confodere jussi. Sed ubi hinc est
   homo ?
Abiit, neque me certiorem fecit : fastidit mei [1],
Quia videt me suam amicitiam velle. More hominum facit.
Nam si opulentus it petitum pauperioris gratiam,   70
Pauper metuit congrediri [2]; per metum male rem gerit ;
Idem, quando illæc occasio periit, post sero cupit.
Video hercle ego te me arbitrari, Euclio, hominem ido-
   neum,
Quem senecta [3] ætate ludos facias [4], haud merito meo.
E. Neque edepol, Megadore, facio, neque, si cupiam, copia
   est [5].   75
M. Quid nunc? etiam mihi despondes filiam? *E.* Illis le-
   gibus,
Cum illa dote, quam tibi dixi. *M.* Sponden ergo? *E.* Spon-
   deo.
M. Istuc di bene vortant! *E.* Faxint! Illud facito ut me-
   mineris

M. Je sais cela, inutile de me le dire. Allons, dites oui.
E. Soit. (*Il entend des coups de pioche.*) Ciel! serais-je perdu?
M. Qu'est-ce?
E. Que signifie ce bruit de ferraille que je viens d'entendre? Je
suis mort, si je ne rentre pas tout de suite chez moi. (*Il sort.*)
   M. C'est mon jardin que je fais bêcher.... Eh! par où a-t-il
passé? Le voilà parti sans m'avoir donné une réponse positive. Il
me dédaigne parce qu'il voit que je recherche son amitié : les
hommes sont faits ainsi. Qu'un riche aille au-devant des bonnes
grâces d'un pauvre, le pauvre craint son abord, et cette timidité
nuit à ses intérêts. Puis, quand l'occasion est perdue, il la regrette,
mais trop tard. (*Euclion revient.*) Je vois, Euclion, que, malgré
mes cheveux blancs, vous me regardez comme un homme dont on
peut se jouer; ce n'est pas bien.
   E. Loin de là, Mégadore, et, quand je le voudrais, cela me serait
difficile.
   M. Enfin, m'accordez-vous votre fille?
   E. Oui, aux conditions et avec la dot que j'ai dit.
   M. J'ai votre parole?
   E. Vous l'avez.
   M. Que les dieux nous soient propices!
   E. Je le désire. Mais souvenez-vous bien qu'il est convenu que

M. Novi: ne doceas.
Desponde.

M. Je *le* sais: ne me *l'*apprends pas.
Fiance.

E. Fiat. Sed, pro Juppiter!
num ego disperii?

E. Que *cela* soit fait. Mais, ô Jupiter!
est-ce-que moi je suis perdu?

M. Quid est tibi?

M. Quelle chose est à toi (qu'as-tu?)?

E. Quid crepuit modo
quasi ferrum?
Nimirum occidor,
nisi ego propero propere
currere huc intro.

E. Quelle chose a craqué récemment
comme du fer?
Certes je suis tué,
si moi je ne me hâte à-la-hâte
de courir ici à-l'-intérieur.

M. Jussi confodere hortum
hic apud me.
Sed ubi homo
est hinc?
Abiit, neque fecit
me certiorem.
Fastidit mei,
quia videt me velle
suam amicitiam.
Facit more hominum.
Nam, si opulentus
it petitum gratiam
pauperioris,
pauper metuit congrediri;
gerit male rem
per metum.
Idem, quando
illæc occasio periit,
cupit post sero.
Ego video hercle
te, Euclio, arbitrari
me hominem idoneum
quem facias ludos,
haud meo merito,
ætate senecta.

M. J'ai ordonné de fouir le jardin
ici chez moi.
Mais où *mon* homme
est-il (est-il allé) d'ici?
Il est parti, et il n'a pas rendu
moi plus certain.
Il a-du-dédain de moi,
parce qu'il voit moi vouloir
son amitié.
Il agit à la manière des hommes.
Car, si un riche
va rechercher la faveur
d'un plus pauvre,
le pauvre craint de *l'*aborder;
il fait mal *son* affaire
par crainte.
Le même, quand
cette occasion est perdue,
la désire ensuite tardivement.
Moi je vois par Hercule
toi, Euclion, penser
moi *être* un homme propre   [joues),
que tu fasses sujet-de-jeux (que tu
non d'après mon mérite (sans que je le
dans un âge avancé.   [mérite),

E. Neque edepol
facio, Megadore,
neque, si cupiam,
copia est.

E. Ni par le dieu-Pollux
je *ne* fais *cela*, Mégadore,
ni, si je *le* désirais,
moyen est *à moi de le faire.*

M. Quid nunc?
Etiam despondes mihi
filiam?

M. Que *fais-tu* maintenant?
Eh bien! fiances-tu à moi
ta fille?

E. Illis legibus,
cum illa dote,
quam dixi tibi.

E. A ces conditions,
avec cette dot,
que j'ai dite à toi.

M. Sponden ergo?

M. Promets-tu donc?

E. Spondeo.

E. Je promets.

M. Di vortant bene istuc!

M. Que les dieux tournent bien cela!

E. Faxint!
Facito illud ut

E. Qu'ils *le* fassent!
Fais cela que

Convenisse ut ne quid dotis mea ad te adferret filia.
M. Memini. *E.* At scio quo vos soleatis pacto perplexa-
rier[1];
                                                                    80
Pactum non pactum est, non pactum pactum est, quod vo-
bis lubet.
M. Nulla controversia mihi tecum erit. Sed, nuptias
Hodie quin faciamus, num qua est causa? *E.* Immo edepol
optuma[2].
M. Ibo igitur; parabo. Numquid me vis? *E.* 'stuc[3]. *M.* Fiet.
Vale.
Heus, Strobile, sequere propere me ad macellum stre-
nue.
                                                                    85
E. Illic hinc abiit. Di immortales, obsecro, aurum quid
valet!
Credo ego illum jam inaudivisse mihi esse thesaurum
domi ;
Id inhiat; ea adfinitatem hanc obstinavit gratia.

ACTUS II. SCENA III.

EUCLIO, STAPHYLA.

E. Ubi tu es, quæ deblaterasti[4] jam vicinis omnibus
Meæ me filiæ daturum dotem? Heus! Staphyla, te voco!

ma fille ne vous apportera pas de dot.
    M. C'est entendu.
    E. C'est que je sais combien les gens de votre rang sont habiles
à chicaner. Ce qui est convenu n'est pas convenu, ce qui n'est pas
convenu est convenu, selon qu'il vous en prend fantaisie.
    M. Nous n'aurons ensemble aucune difficulté. Y a-t-il quelque
obstacle à ce que nous fassions la noce aujourd'hui?
    E. Au contraire, c'est à merveille.
    M. Je vais donc faire les apprêts. Vous n'avez plus rien à me
dire?
    E. Non, vous prévenez mon désir.
    M. Je me hâte. Adieu! Hé! Strobile, qu'on me suive à l'instant
au marché. (*Il sort.*)
    E. Il est parti. Dieux immortels, quelle est la puissance de l'or!
Il aura entendu dire que j'ai chez moi un trésor; il le convoite, et
c'est pour cela qu'il tient tant à cette alliance.

SCÈNE III.

EUCLION, STAPHYLA.

    E. Où es-tu, toi, qui as été déjà bavarder dans tout le voisinage
que je donnerais une dot à ma fille? Hé! Staphyla, je t'appelle;

memineris convenisse
ut mea filia
ne adferret ad te
quid dotis.
M. Memini.
E. At scio quo pacto
vos soleatis
perplexarier;
pactum non est pactum,
non pactum est pactum,
quod lubet vobis.
M. Nulla controversia
erit mihi tecum.
Sed num qua causa est
quin faciamus
nuptias hodie?
E. Immo
edepol
optuma.
M. Ibo igitur; parabo.
Num quid vis me?
E. 'Stuc.
M. Fiet. Vale.
Heus! Strobile,
sequere me propere
strenue
ad macellum.
E. Illic abiit hinc.
Di immortales, obsecro,
quid aurum valet!
Ego credo
illum inaudivisse jam
thesaurum esse mihi
domi;
inhiat id;
obstinavit ea gratia
hanc adfinitatem.

tu te souviennes être convenu
que ma fille
n'apporterait à toi
rien de dot.
M. Je m'en souviens.
E. Mais je sais de quelle manière
vous vous avez-coutume
d'embrouiller;
une chose convenue n'est pas convenue,
une chose non convenue est convenue,
ce qui (selon ce qui) plaît à vous.
M. Aucune contestation
ne sera à moi avec-toi.
Mais est-ce-que quelque cause est
pour-que nous ne fassions pas
les noces aujourd'hui?
E. Bien-plus (au contraire)
par le dieu-Pollux [*les fassions*.
il y en a une très-bonne *pour que nous*
M. J'irai donc; je préparerai.
Est-ce-que tu veux me *dire* quelque
E. Cela *même* (que tu dis).   [chose?
M. *Cela* sera fait. Porte-toi-bien.
Holà! Strobile,
suis-moi à-la-hâte
vivement
au marché.
E. Celui-ci est parti d'ici
Dieux immortels, je *vous* atteste,
que l'or est-puissant!
Moi je crois
lui avoir entendu-dire déjà
un trésor être à moi
à la maison;
il ouvre-la-bouche-vers *cet* or;
il s'est obstiné par cette considération
à cette alliance.

ACTE II. SCÈNE III.

EUCLION, STAPHYLA.

E. Ubi es tu,
quæ deblaterasti jam
omnibus vicinis
me daturum dotem
meæ filiæ?
Heus, Staphyla,
voco te!

E. Où es-tu,
toi qui as débité déjà
à tous les voisins
moi devoir donner une dot
à ma fille?
Hola! Staphyla,
j'appelle toi!

Ecquid audis? Vascula intus pure propera[1] atque elue.
Filiam despondi ego; hodie nuptum huic Megadoro dabo.
S. Di bene vortant! Verum ecastor non potest; subitum
est nimis. 5
E. Tace atque abi! Curata fac sint, quom a foro redeam
domum;
Atque ædis occlude. Jam ego hic adero. S. Quid ego nunc
agam?
Nunc nobis prope adest exitium, mihi atque herili filiæ.
Ibo intro, ut, herus quæ imperavit, facta, quom veniet, sient.
Nam ecastor malam metuo rem; metuo ne mistum bi-
bam[2]. 10

ACTUS II. SCENA IV.

STROBILUS, ANTHRAX, CONGRIO.

S. Postquam obsonavit herus et conduxit coquos
Tibicinasque hasce apud forum, edixit mihi
Ut dispertirem obsonium hic bifariam.
A. Me tu quidem hercle, dicam palam, non divides.
Si quo tu totum me ire vis, operam dabo. 5
S. Atqui ego istuc, Anthrax, aliovorsum dixeram,
Non istuc, quo tu insimulas. Sed herus nuptias

---

m'entends-tu? (*Staphyla vient.*) Vite, qu'on prépare, qu'on lave les
vases sacrés. J'ai promis ma fille ; je la marie aujourd'hui à Mégadore.

S. Les dieux bénissent ce dessein! Mais, en vérité, cela ne se
peut ; c'est trop prompt.

E. Tais-toi, et va-t'-en; que tout soit prêt quand je reviendrai
de la place. Et qu'on ferme la porte ; je ne serai qu'un moment. (*Il
sort.*)

S. Que faire? Nous voilà perdues, la fille de mon maître et moi.
Allons, il faut rentrer, que les ordres de mon maître soient exé-
cutés à son retour. Ah! je crains d'avaler aujourd'hui bien de l'eau
dans mon vin.

SCÈNE IV.

STROBILE, ANTHRAX, CONGRION.

Deux joueuses de flûte, personnages muets.

S. Mon maître a fait des provisions; il a loué ces cuisiniers et ces
joueuses de flûte sur la place, et je suis chargé par lui de faire de
tout cela deux parts égales.

A. Pour ce qui me regarde, je réponds bien que tu ne me fen-
dras pas en deux. Mais, si tu veux m'envoyer quelque part tout entier, je suis prêt à me mettre à l'œuvre.

S. Ce que je disais, Anthrax, était dans un tout autre sens que

Ecquid audis?
Propera intus pure
atque elue vascula.
Ego despondi filiam;
dabo hodie nuptum
huic Megadoro.
S. Di vortant bene!
Verum ecastor non potest;
est nimis subitum.
E. Tace, atque abí;
fac sint curata,
quom redeam domum
a foro;
atque occlude ædis.
Ego adero jam hic.
S. Quid agam ego nunc?
Nunc exitium
adest prope nobis,
mihi atque filiæ herili.
Ibo intro,
ut quæ herus imperavit
sient facta,
quom veniet.
Nam ecastor metuo
rem malam;
metuo ne bibam mistum.

Est-ce-que tu n'entends pas? [prement
Hâte-toi-de-préparer à-l'-intérieur pro-
et lave les vases.
Moi j'ai fiancé *ma* fille;
je *la* donnerai aujourd'hui en-mariage
à ce Mégadore. [chose!
S. Que les dieux tournent bien la
Mais par Castor *cela* ne peut *être*;
c'est trop soudain.
E. Tais-toi, et va-t'en;
fais *qu'*ils soient préparés-avec-soin,
lorsque je reviendrai à la maison
du forum;
et ferme la maison.
Moi je serai-présent bientôt ici.
S. Quelle chose ferai-je maintenant?
Maintenant la perte
est près pour nous,
pour moi et pour la fille du-maître.
J'irai dedans, [commandées
afin que les choses que le maître a
soient faites,
lorsqu'il viendra.
Car par Castor je crains
une chose mauvaise;
je crains que je ne boive du *vin* trempé.

ACTE II. SCÈNE IV.

STROBILE, ANTHRAX, CONGRION.

S. Postquam herus
obsonavit
et conduxit coquos
hasceque tibicinas
apud forum,
edixit mihi
ut dispertirem hic obsonium
bifariam.
A. Tu quidem hercle
non divides me,
dicam palam.
Si tu vis
me ire totum quo,
dabo operam.
S. Atqui ego, Anthrax,
dixeram istuc aliovorsum,
non istuc,
quo tu insimulas.

S. Après que *mon* maître
a eu fait-des-provisions,
et *qu'*il a eu loué des cuisiniers
et ces joueuses-de-flûte
au marché,
il a ordonné à moi
que je partageasse ici les provisions
en-deux-parts.
A. Toi certes par Hercule
tu ne partageras pas moi,
je *le* dirai ouvertement.
Si tu veux
moi aller entier quelque-part,
je donnerai *mon* soin (je m'y prêterai).
S. Mais moi, Anthrax,
j'avais dit cela dans-un-autre-sens,
non dans-ce-sens, [*dit*.
dans-lequel toi tu m'accuses *de l'avoir*

Meus hodie faciet. *A.* Quojus ducit filiam?

S. Vicini hujus Euclionis senis e proxumo.

Ei adeo[1] obsoni hinc dimidium jussit dari,   10

Cocum alterum; itidemque alteram tibicinam.

C. Nempe[2] huic dimidium dicis, dimidium domum[3]?

S. Nempe sicut dicis. *C.* Quid, hic non poterat de suo

Senex obsonari filiai nuptiis?

S. Vah! *C.* Quid negoti est? *S.* Quid negoti sit, rogas?   15

Pumex non æque est aridus atque hic est senex.

C. Ain tandem, ita esse, ut dicis! *S.* Tute existuma.

Quin divom atque hominum clamat continuo fidem,

Suam rem perisse seque eradicarier,

De suo tigillo[4] fumus si qua exit foras.   20

Quin quom it dormitum, follem obstringit ob gulam.

C. Cur? *S.* Ne quid animæ forte amittat dormiens.

Hæc mihi te, ut tibi me, æquom est, credo, credere[5].

C. Immo equidem credo. *S.* At scin etiam quomodo?

Aquam hercle plorat, quom lavat, profundere.   25

---

celui où tu feins de le prendre. Mon maître se marie aujourd'hui.

   A. Avec qui?

   S. Avec la fille du vieil Euclion, notre proche voisin. C'est pour cela qu'il veut qu'on donne au bonhomme la moitié des provisions, avec un cuisinier et une joueuse de flûte.

   C. Ainsi, la moitié chez Euclion et la moitié ici?

   S. Comme tu dis.

   C. Eh quoi! le vieux ne pouvait-il pas régaler à ses frais le jour où il marie sa fille?

   S. Peuh!

   C. Qui empêche?

   S. Qui empêche, dis-tu? On tirerait de l'huile d'un mur plutôt que d'arracher une obole au vieux cancre.

   C. En vérité?

   S. Tu vas en juger. Il appelle à son aide les dieux et les hommes, il jure qu'il est ruiné, et ruiné de fond en comble, s'il voit la fumée sortir de la plus mince pièce de bois dans l'âtre. Quand il va se coucher, il s'attache une poche devant la bouche.

   C. Pourquoi?

   S. Pour ne pas perdre de son souffle en dormant. Tu peux m'en croire comme je te crois moi-même.

   C. Aussi je te crois à merveille.

   S. Veux-tu que je te dise encore? Quand il se lave, il pleure l'eau qu'il lui faut répandre.

Sed meus herus
faciet hodie nuptias.
A. Quojus ducit filiam?
S. Hujus senis Euclionis
vicini e proxumo.
Jussit dimidium obsoni
dari hinc
ei adeo,
alterum coquum;
itidemque
alteram tibicinam.
C. Nempe dicis
dimidium huic,
dimidium domum?
S. Nempe, sicut dicis.
C. Quid, hic senex
non poterat obsonari
de suo
nuptiis filiai?
S. Vah!
C. Quid negoti est?
S. Rogas quid negoti sit?
Pumex non est arilus
æque atque hic senex.
C. Ain tandem
esse ita, ut dicis!
S. Tute existuma.
Quin clamat continuo
fidem divom
atque hominum,
suam rem perisse,
seque eradicarier,
si fumus exit qua foras
de suo tigillo.
Quin, quom it dormitum,
obstringit follem
ob gulam.
C. Cur?
S. Ne amittat forte
dormiens
quid animæ.
Est æquom, credo,
te credere mihi hæc,
ut me tibi.
C. Immo equidem credo.
S. At scin etiam
quomodo?
At hercle plorat
profundere aquam,
quom lavat.

Mais mon maître
fera aujourd'hui des noces.
A. De qui emmène-t-il la fille?
S. De ce vieil Euclion,
voisin de très-près.
Il a ordonné la moitié de la provision
être donnée d'ici (de notre part)
à lui précisément,
un cuisinier;
et de même
une joueuse-de-flûte.
C. Ainsi tu dis
la moitié à celui-ci,
la moitié *être portée* à la maison?
S. En effet, comme tu dis.
C. Quoi, ce vieillard
ne pouvait acheter-des-provisions
de son *bien*
pour les noces de *sa* fille?
S. Oh!
C. Quoi d'affaire est (qu'est-ce)?
S. Tu demandes quoi d'affaire est?
Une pierre-ponce n'est pas aride
autant que ce vieillard.
C. Tu affirmes enfin
les choses être ainsi, comme tu *le* dis!
S. Toi apprécie. [tinuellement
Bien-plus il invoque-à-grands-cris con-
la foi des dieux
et des hommes,
disant son bien être perdu,
et lui-même être ruiné-complétement,
si la fumée sort par-quelque-endroit
de son soliveau. [dehors
Bien-plus, quand il va dormir,
il attache une bourse
devant *sa* bouche.
C. Pourquoi?
S. De peur qu'il ne perde par hasard
en dormant
quelque chose de *son* souffle.
Il est juste, je crois,
toi croire moi *pour* ces choses,
comme *il est juste* moi *croire* toi.
C. Bien-plus (oui)certes je *te* crois.
S. Mais sais-tu encore
comment *les choses se passent?*
Eh-bien! par Hercule, il pleure
de répandre de l'eau,
lorsqu'il *se* lave.

C. Censen talentum magnum [1] exorari pote
Ab istoc sene ut det, qui fiamus liberi?
S. Famem hercle utendam [2], si roges, numquam dabit.
Quin ipsi pridem tonsor unguis dempserat :
Collegit, omnia abstulit præsegmina.   30
C. Edepol mortalem parce parcum prædicas.
Censen vero, adeo parce et misere vivere?
P nulmentum pridem ei deripuit miluos [3].
Homo ad prætorem plorabundus devenit;
*S.*fit ibi postulare, plorans, ejulans,   35
Ut sibi liceret miluom vadarier [4].
Sescenta sunt, quæ memorem, si sit otium.
Sed uter vostrorum [5] est celerior? memora mihi.
C. Ego, ut multo melior. *S.* Cocum ego, non furem, rogo.
A. Cocum ego me dico. *S.* Quid tu ais? *A.* Sic sum, ut vides. 40
C. Cocus ille nundinali'st [6] : in nonum diem
Solet ire coctum. *A.* Tun, trium litterarum homo [7],
Me vituperas? *C.* Fur? etiam fur trifurcifer!
S. Tace nunc jam tu, atque agnum hinc uter est pinguior...
A. Licet... *S.* Tu, Congrio, eum sume actutum tibi,   45
Atque intro abi illuc, et vos, illum sequimini.

C. Ne penses-tu pas que nous pourrions obtenir de ce vieux fesse-
matthieu un bon talent pour acheter notre liberté?
S. Lui! tu lui demanderais la famine, il ne te la prêterait pas.
Un de ces jours, le barbier lui avait coupé les ongles : il a ramassé
et emporté toutes les rognures.
C. Tu nous parles là de l'avarice en personne. Est-il vraiment si
ladre, si ennemi de lui-même?
S. Un jour, un milan lui enlève son potage. Il accourt tout gé-
missant auprès du préteur; et là, pleurant, jetant les hauts cris, il
demande que son milan soit assigné. Si j'en avais le temps, je
pourrais citer mille traits du même genre. Mais voyons, dis-moi,
lequel de vous deux est le plus leste?
C. Moi, je vais bien plus vite en besogne.
S. C'est d'un cuisinier que je parle, et non d'un voleur.
A. Moi aussi je suis bon cuisinier.
S. Que dis-tu?
A. Moi, je suis tel que tu me vois.
C. C'est un vrai marmiton de foire ; il travaille tous les neuf jours.
A. Comment, tu oses me déprécier, toi? Il n'y a pourtant que six
lettres à ton nom.
C. Tu m'appelles voleur, toi grand pendard !
S. Çà ! qu'on se taise. Le plus gras des deux agneaux....
A. Bon!
S. Tu vas le prendre, Congrion, et entrer là-dedans. Vous, sui-

C. Censen pote	*C.* Penses-tu *être* possible
exorari ab hoc sene	être obtenu de ce vieux
ut det magnum talentum	qu'il donne un grand talent
qui fiamus liberi?	par quoi nous devenions libres?
S. Hercle numquam dabit,	*S.* Par Hercule, il ne donnera jamais,
si roges,	si tu *la* demandes,
famem utendam.	la faim devant être employée.
Quin pridem tonsor	Bien-plus récemment un barbier
dempserat unguis ipsi :	avait ôté (coupé) les ongles à lui :
collegit, abstulit	il ramassa, il emporta
omnia præsegmina.	toutes les rognures.
C. Edepol prædicas	*C.* Par le dieu-Pollux, tu fais-connaître
mortalem parce parcum.	un mortel chichement chiche.
Censen vero vivere	Mais penses-tu *lui* vivre
adeo parce et misere?	si chichement et misérablement?
S. Pridem miluos	*S.* Récemment un milan
deripuit ei pulmentum.	enleva à lui un ragoût.
Homo devenit plorabundus	*Notre* homme arriva tout-éploré
ad prætorem;	devant le préteur;
infit ibi postulare	il commence là à demander
plorans, ejulans,	pleurant, se lamentant,
ut liceret sibi	afin qu'il fût permis à lui-même
vadarier miluom.	d'assigner le milan.
Sescenta sunt,	*Six cents traits* sont,
quæ memorem,	que je rapporterais,
si otium sit.	si loisir *en* était.
Sed uter vostrorum	Mais lequel-des-deux de vous
est celerior?	est plus vif (le plus vif)?
memora mihi.	dis-*le*-moi.
C. Ego, ut multo melior.	*C.* Moi, comme de beaucoup meilleur.
S. Ego rogo cocum,	*S.* Moi je demande un cuisinier,
non furem.	non un voleur.
A. Ego dico me cocum.	*A.* Moi je dis moi *être* cuisinier.
S. Quid ais tu?	*S.* Que dis-tu?
A. Sum sic, ut vides.	*A.* Je suis ainsi, comme tu vois.
C. Ille est cocus nundinalis;	*C.* Celui-ci est un cuisinier de-jour-de
solet ire coctum	il a coutume d'aller cuire 　[marché;
in nonum diem.	au neuvième jour (tous les neuf jours).
A. Tune,	*A.* Est-ce-que toi,
homo trium litterarum,	homme de trois lettres,
vituperas me?	tu critiques moi?
C. Fur?	*C.* Voleur? (Je suis un voleur?)
fur etiam trifurcifer!	*toi*, voleur même triple-pendard!
S. Tu tace nunc iam.	*S.* Toi, tais-toi maintenant enfin.
Atque uter est pinguior	Et lequel-des-deux est plus gras
agnum hinc....	des agneaux d'ici?...
A.....Licet....	*A.* Il est-possible....
S. Tu, Congrio,	*S.* Toi, Congrion,
sume eum tibi actutum.	prends-le pour toi sur-le-champ,
atque abi illuc intro,	et va là-dedans,

Vos ceteri illuc ad nos! *A.* Hercle injuria
Dispertivisti : pinguiorem agnum isti habent.
S. At nunc tibi dabitur pinguior tibicina.
I sane cum illo, Phrygia. Tu autem, Eleusium[1],   50
Huc intro abi ad nos. *C.* O Strobile subdole!
Huccine detrusti[2] me ad senem parcissumum,
Ubi, si quid poscam, ad ravim poscam prius
Quam quidquam detur? *S.* Stultus et sine gratia es.
Tibi recte facere[3]! quando, quod facias, perit!   55
C. Qui vero? *S.* Rogitas? Jam principio in ædibus
Turba istic nulla tibi erit. Si qui uti voles,
Domo abs te adferto, ne operam perdas poscere[4].
Hic apud nos magna turba ac magna familia est,
Supellex, aurum, vestes, vasa argentea :   60
Ibi si perierit quippiam (quod te scio
Facile abstinere posse, si nihil obviam est),
Dicant : Coqui abstulerunt : comprehendite,
Vincite, verberate, in puteum condite!
Horunc tibi istic nihil eveniet; quippe qui[5]   65

vez-le, et vous autres, là-bas, venez avec nous.

A. Par ma foi! voilà un partage bien équitable! ils ont l'agneau le plus gros.

S. Et toi, la joueuse de flûte la plus grasse. (*Il s'adresse aux joueuses de flûte.*) Va avec lui, Phrygia. Toi, Éleusie, viens-t'en par ici, chez nous.

C. Ah! perfide Strobile, tu m'expédies chez le vieux grigou? Si j'ai besoin de quelque chose, je ne risque rien de m'époumonner avant de l'avoir.

S. Sot et ingrat que tu es! Te rendre service, quelle duperie, puisqu'on perd sa peine à le faire!

C. Comment cela?

S. Belle question! D'abord, la foule ne t'incommodera pas; et puis, si tu as besoin de quelque chose, apporte-le avec toi, pour ne pas perdre ton temps à le demander. Chez nous il y a beaucoup de monde, un nombreux domestique, des meubles, de l'or, des tapis, de l'argenterie. S'il disparaît quelque chose (et je te connais, je sais que tu ne touches pas à ce qui est hors de ta portée), on dira : « Ce sont les cuisiniers qui l'ont pris : qu'on les arrête, qu'on les garrotte, qu'on les fouette, qu'on les jette dans une basse-fosse. » Là-bas, pas d'aventure semblable, il n'y a rien à prendre.

et vos, sequimini illum. | et vous, suivez-le.
Vos ceteri huc ad nos ! | Vous les autres *venez* ici chez nous !
A. Hercle | *A.* Par Hercule !
dispertivisti injuria : | tu as partagé injustement :
isti habent | ceux-ci ont
agnum pinguiorem. | l'agneau le plus gras.
S. At tibicina pinguior | *S.* Mais la joueuse-de-flûte la plus grasse
dabitur nunc tibi. | sera donnée maintenant à toi.
I sane cum illo, Phrygia. | Va donc avec celui-là, Phrygia.
Tu autem, Eleusium, | Toi d'-autre-part, Éleusie,
abi huc intro ad nos. | va ici dedans vers nous.
C. O subdole Strobile ! | *C.* O perfide Strobile !
huccine detrusti me, | est-ce-là-que tu as poussé moi,
ad senem parcissumum, | vers *ce* vieillard très-avare,
ubi, si poscam quid, | où, si je demanderai quelque chose,
poscam ad ravim | je *le* demanderai jusqu'à la toux
priusquam quidquam | avant-que quoi-que-ce-soit
detur. | soit donné.
S. Es stultus et sine gratia! | *S.* Tu es sot et sans reconnaissance !
Faccre recte tibi! | Faire du bien à toi !
quando, quod facias, | quand *ce* que tu pourrais faire (ce qu'on
perit ! | est perdu !   [peut faire pour toi)
C. Qui vero? | *C.* Mais comment ?
S. Rogitas? | *S.* Tu *le* demandes ?
Jam principio | Maintenant d'abord
nulla turba | aucune foule
erit istic tibi | ne sera là pour toi
in ædibus. | dans la maison.
Si voles uti qui, | Si tu voudras user de quelque chose,
adferto domo abs te, | apporte-*le* de la maison de-chez toi,
ne perdas operam poscere. | de-peur-que-tu ne perdes *ta* peine à
Magna turba | Une grande foule   [demander.
ac magna familia | et un grand (un nombreux) domestique
est hic apud nos, | est ici chez nous,
supellex, aurum, | *ainsi qu'*un mobilier, de l'or,
vestes, vasa argentca. | des tapis, des vases d'-argent.
Si quippiam | Si quelque chose
perierit ibi | aura été perdu là
(quod scio te posse | (parce que je sais toi pouvoir
abstinere facile, | t'abstenir facilement,
si nihil est obviam), | si rien n'est devant *toi*),
dicant : | ils diraient :
Coqui abstulerunt, | Les cuisiniers *l*'ont emporté :
comprehendite, | saisissez-*les*,
vincite, verberate, | liez-*les*, fouettez-*les*,
condite in puteum. | enfermez-*les* dans un cachot-souterrain.
Nihil horum | Rien de ces *accidents*
eveniet tibi istic; | n'arrivera à toi là-où-tu-es ;
quippe qui ubi | attendu que là
nihil est quod subripias. | rien n'est que tu puisses-dérober.

Ubi quod subripias nihil est. Sequere hac me. *C.* Sequor.

ACTUS II. SCENA V.
STROBILUS, STAPHYLA, CONGRIO.

S. Heus! Staphyla, prodi atque ostium aperi. *STA.* Qui
    vocat?
S. Strobilus. *STA.* Quid vis? *S.* Hos ut accipias coquos
Tibicinamque obsoniumque in nuptias.
Megadorus jussit Euclioni hæc mittere.
STA. Cererin [1], Strobile, has facturi nuptias?   5
S. Qui? *STA.* Quia temeti nihil allatum intellego.
S. At jam adferetur, si a foro ipsus [2] redierit.
STA. Ligna hic apud nos nulla sunt. *C.* Sunt asseres?
STA. Sunt pol. *C.* Sunt igitur ligna : ne quæras foris.
STA. Quid, impurate? quamquam Volcano studes [3],   10
Cœnæve causa aut tuæ mercedis gratia
Nos nostras ædis postulas comburere?
C. Haud postulo. *S.* Duc istos intro. *STA.* Sequimini.

ACTUS II. SCENA VI.
PYTHODICUS.

Curate; ego intervisam quid faciant coqui;
Quos pol ut ego hodie servem, cura maxuma est :

Allons, suis-moi. *C.* Je viens.

SCÈNE V.
STROBILE,   STAPHYLA,   CONGRION.

S. Holà, Staphyla! avance et ouvre la porte. *STA.* Qui est là?
S. Strobile. *STA.* Que veux-tu?
S. Que tu reçoives ces cuisiniers, cette joueuse de flûte, et ces
provisions pour la noce. Mégadore envoie le tout à Euclion.
   STA. C'est donc Cérès qui épouse? *S.* Comment cela?
   STA. Je vois qu'on n'apporte pas de vin.
   S. On en apportera, quand Mégadore reviendra du marché.
   STA. Nous n'avons pas de bois. *C.* Vous avez un plancher?
STA. Oui vraiment.
   C. Eh bien, alors, vous avez du bois : inutile d'en aller chercher.
   STA. Ah çà! maraud, tout suppôt de Vulcain que tu es, tu ne veux
pas, je pense, pour faire cuire ton dîner ou pour gagner ton salaire,
mettre le feu à notre maison?
   C. Certes non. *S.*, à *Staphyla.* Fais-les entrer. *STA.* Venez.

SCÈNE VI.
PYTHODICUS, *sortant de chez Mégadore.*

   Faites votre besogne; moi j'aurai l'œil sur les cuisiniers, et ce
n'est pas aujourd'hui une petite affaire.

Sequere me hac.   Suis-moi par ici.
C. Sequor.   C. Je te suis.

ACTE II. SCÈNE V.

STROBILE, STAPHYLA, CONGRION.

S. Heus ! Staphyla,   S. Holà ! Staphyla,
prodi atque aperi ostium !   avance, et ouvre la porte !
STA. Qui vocat?   STA. Qui appelle?
S. Strobilus.   S. Strobile.
STA. Quid vis?   STA. Que veux-tu?
S. Ut accipias hos coquos,   S. Que tu reçoives ces cuisiniers,
tibicinamque obsoniumque   et une joueuse-de-flûte et des provisions
in nuptias.   pour la noce.
Megadorus jussit   Mégadore a ordonné
mittere hæc Euclioni.   d'envoyer ces choses à Euclion.
STA. Facturine, Strobile,   STA. Ltes-vous devant faire, Strobile,
has nuptias Cereri?   cette noce pour Cérès ?
S. Qui?   S. Comment?
STA. Quia intellego   STA. Parce que je n'aperçois
nihil temeti allatum.   rien de vin apporté.
S. At adferetur jam,   S. Mais il en sera apporté bientôt,
si ipsus redierit a foro.   quand lui-même sera revenu du marché.
STA. Nulla ligna   STA. Aucuns morceaux-de-bois
sunt hic apud nos.   ne sont ici chez nous.
C. Asseres sunt?   C. Des poutres sont chez vous? [Pollux.
STA. Sunt pol.   STA. Des poutres sont chez nous, par
C. Igitur ligna sunt :   C. Donc des morceaux-de-bois sont chez
ne quæras foris.   n'en cherche pas au dehors.   [vous :
STA. Quid, impurate?   STA. Quoi, infâme ?
Quanquam studes Volcano,   Quoique tu aies-du-goût pour Vulcain,
postulas nos   demandes-tu à nous
comburere nostras ædis,   de brûler notre maison,
causave cœnæ   ou pour un repas
aut gratia tuæ mercedis?   ou en considération de ton salaire?
C. Haud postulo.   C. Je ne le demande pas.
S. Duc istos intro.   S. Conduis ceux-ci dedans.
STA. Sequimini.   STA. Suivez-moi.

ACTE II. SCÈNE VI.

PYTHODICUS.

Curate ; ego intervisam   Prenez-soin ; moi j'examinera
quid coqui faciant ;   quelle chose les cuisiniers font
quos Pol   lesquels, par Pollux,
ut ego servem hodie,   afin que moi je surveille aujourd'hui,
cura maxuma est :   un soin très-grand est à moi ·

LA MARMITE.   4

Nisi unum hoc faciam, ut in puteo cœnam coquant :
Inde coctam sursum subducemus corbulis ;
Si autem deorsum comedent, si quid coxerint,   5
Superi incœnati sint et cœnati inferi [1].
Sed verba hic facio, quasi negoti nil siet,
Rapacidarum[2] ubi tantum siet in ædibus.

ACTUS II. SCENA VII.

EUCLIO, CONGRIO.

E. Volui animum tandem confirmare hodie meum[3],
Ut bene me haberem filiai nuptiis :
Venio ad macellum, rogito piscis ; indicant
Caros, agninam[4] caram, caram bubulam,
Vitulinam, cetum, porcinam, cara omnia :   5
Atque eo fuerunt cariora : æs non erat.
Abeo illim iratus, quoniam nihil est qui emam ;
Ita illis impuris omnibus adii manum[5].
Deinde egomet mecum cogitare inter vias
Occepi : Festo die si quid prodegeris,   10
Profesto egere liceat, nisi peperceris.
Postquam hanc rationem ventri cordique edidi[6],

Je ne vois qu'un moyen, c'est de les faire cuisiner au fond d'un puits, et de monter ensuite les mets dans des corbeilles. Oui, mais, s'ils mangent à mesure qu'ils apprêtent, on se serrerait le ventre en haut tandis qu'on dînerait en bas. Eh! je m'amuse à bavarder, comme si je n'avais rien à faire, avec ces larronneaux dont notre maison est pleine. (*Il sort.*)

SCÈNE VII.

EUCLION, CONGRION.

E., *seul.* Je voulais aujourd'hui prendre mon grand courage et me régaler aux noces de ma fille. Je vais au marché, je demande des poissons ; on me les fait cher ; l'agneau, le bœuf, le veau, le thon, le porc, tout était fort cher, et d'autant plus hors de prix que je n'avais pas d'argent. Je pars tout en colère, puisque je ne peux rien acheter. J'ai joliment attrapé toute cette racaille. Puis, chemin faisant, je me suis mis à réfléchir : « Si tu jettes l'argent par la fenêtre un jour de fête, le lendemain tu tireras la langue d'un pied de long, pour n'avoir pas su épargner. » Après avoir ainsi parlé à mon estomac et à mes désirs,

nisi faciam hoc unum, | à-moins-que je ne fasse cette chose
ut coquant cœnam | qu'ils cuisent le dîner [seule,
in puteo : | dans un cachot-souterrain :
subducemus inde sursum | nous tirerons de là en-haut
corbulis | dans des corbeilles
coctam ; | le *dîner* cuit ;
si autem | si d'autre-part
comedent deorsum | ils mangeront (ils mangent) en-bas,
si coxerint quid, | s'ils auront cuit quelque chose, [dîné
superi sint incœnati | ceux-d'en-haut seraient n'ayant-pas
et inferi cœnati. | et ceux-d'en-bas ayant dîné.
Sed facio hic verba, | Mais je fais (je débite) ici des paroles,
quasi nihil negoti siet, | comme-si rien d'occupation n'était,
ubi tantum rapacidarum | *là* où tant de pillards
siet in ædibus. | est (sont) dans la maison.

ACTE II. SCÈNE VII.

EUCLION, CONGRION.

E. Volui hodie | *E.* J'ai voulu aujourd'hui
confirmare tandem | affermir enfin
meum animum, | mon courage,
ut haberem bene me | afin que je traitasse bien moi
nuptiis filiai. | pour les noces de *ma* fille.
Venio ad macellum, | Je vais au marché,
rogito piscis ; | je demande des poissons ;
indicant caros, | ils *me les* indiquent (on me les fait) chers,
agninam caram, | la *viande* d'-agneau chère,
bubulam caram, | la *viande* de-bœuf chère,
vitulinam, cetum, | la *viande* de-veau, le thon,
porcinam, | la *viande* de-porc,
omnia cara ; | tout cher ; [cela :
atque fuerunt cariora eo : | et *ces denrées* furent plus chères pour
æs non erat. | de l'argent n'était pas *à* moi.
Abeo illim iratus, | Je pars de là irrité,
quoniam nihil est | puisque rien *n'est*
qui emam ; | avec-quoi je puisse-acheter ;
adii ita manum | j'ai touché ainsi la main (j'ai attrapé)
omnibus illis impuris. | à tous ces infâmes.
Deinde egomet occepi | Ensuite moi j'ai commencé
cogitare mecum | à réfléchir avec-moi
inter vias : | dans les chemins (en chemin) :
Si prodigeris quid | Si tu auras prodigué quelque chose
die festo, | un jour de-fête, [ouvrable.
liceat egere profesto. | il serait-possible *toi* manquer *un jour*
Postquam edidi | Après que j'eus produit (j'eus donné)
hanc rationem | cette raison
ventri cordique, | à *mon* ventre et à *mon* cœur,

Accessit animus ad meam sententiam,
Quam minumo sumptu filiam ut nuptum darem.
Nunc tusculum emi hoc et coronas floreas :   15
Hæc imponentur in foco nostro Lari,
Ut fortunatas faciat gnatæ nuptias.
Sed quid ego apertas ædis nostras conspicor?
Et strepitu'st intus? Numnam ego compilor miser?
C. Aulam majorem, si potes, vicinia   20
Pete : hæc est parva; capere non quit. E. Hei mihi!
Perii hercle? aurum rapitur : aula quæritur.
Apollo, quæso, subveni mihi atque adjuva!
Quoi in re tali jam subvenisti antidhac¹.
Confige sagittis fures thesaurarios²!   25
Sed cesso prius, quam prorsus perii, currere?

ACTUS II. SCENA VIII.

ANTHRAX.

Dromo, desquama piscis. Tu, Machærio,
Congrum, murænam exdorsua³, quantum potest.
Ego hinc artoptam⁴, ex proximo utendum peto.

j'ai si bien fait que mon esprit s'est rangé à mon premier avis, de
dépenser le moins possible pour ce mariage. J'ai donc acheté cette
pincée d'encens et ces couronnes de fleurs : on les offrira au dieu
Lare, dans notre foyer, pour qu'il bénisse l'union de ma fille. Mais
que vois-je? la porte ouverte! et quel vacarme là-dedans! Malheureux! ne serait-ce pas qu'on me pille?

    C., dans la maison. Emprunte, si tu peux, une plus grande mar-
mite à quelque voisin. Celle-ci est bien petite; elle ne tient pas
assez.

    E. Ah! c'est fait de moi; on me vole mon or, on cherche la mar-
mite. Apollon, par grâce, protège-moi, secours-moi! perce de tes
flèches ces voleurs de trésor; déjà tu m'as protégé dans une cir-
constance semblable. Mais quoi! je perds mon temps ici au lieu
de courir avant que ma ruine soit complète! (*Il entre dans la
maison.*)

SCENE VIII.

ANTHRAX, *sortant de chez Mégadore.*

    Dromon, nettoie les poissons; toi, Machérion, fends le dos à ce
congre et à cette lamproie; et qu'on se dépêche, qu'il ne reste pas
un os à mon retour. Je vais demander une tourtière à Congrion,

animus accessit ad meam sententiam,	*mon* esprit s'est approché vers (s'est
ut darem filiam nuptum	mon avis, |rangé à)
sumptu quam minumo.	que je donnasse *ma* fille en·mariage
Nunc emi	avec la dépense la moindre possible.
hoc tusculum	Maintenant j'ai acheté
et coronas floreas :	ce peu-d'-encens
hæc imponentur	et des couronnes de-fleurs :
in nostro foco	ces *objets* seront placés
Lari,	sur notre foyer
ut faciat nuptias gnatæ	pour le *dieu* Lare, [fille
fortunatas.	afin qu'il fasse (rende) les noces de *ma*
Sed quid ego conspicor	heureuses.
nostras ædis apertas?	Mais pourquoi moi aperçois-je
Et strepitus est intus!	notre maison ouverte?
Numnam ego miser	Et du bruit est à-l'intérieur!
compilor?	Est-ce-que moi malheureux
C. Pete, si potes,	je suis pillé?
aulam majorem	*C.* Va-demander, si tu peux,
vicinia :	une marmite plus grande
hæc est parva;	du (dans le) voisinage:
non quit capere]	celle-ci est petite;
E. Hei mihi!	elle ne peut contenir.
perii hercle :	*E.* Hélas pour moi!
aurum rapitur :	je suis perdu par Hercule :
aula quæritur.	*mon* or est enlevé;
Apollo, quæso,	*ma* marmite est cherchée.
subveni mihi atque adjuva,	Apollon, je *t'en* prie,
quoi subvenisti jam	secours-moi et aide-*moi*,
antidhac	*moi* que tu as secouru déjà
in re tali!	auparavant
Configa sagittis	dans une circonstance telle!
fures thesaurarios!	Perce de flèches
Sed cesso currere	*ces* voleurs de-trésor!
prius quam perii	Mais je tarde à courir
prorsus?	avant que je sois perdu
	tout à fait?

ACTE II. SCÈNE VIII.

ANTHRAX.

Dromo, desquama piscis.	Dromon, écaille les poissons.
Tu, Machærio,	Toi, Machérion,
exdorsua congrum,	fends-le-dos à *ce* congre,
murænam	à *cette* lamproie, [ble.
quantum potest.	autant-qu' (aussi vite qu') il est possi-
Ego peto hinc	Moi je vais-chercher d'ici
ex proxumo	du plus près (tout près)
artoptam utendum.	un moule-à-pain devant être employé.

Sed quid hoc clamoris oritur hinc ex proxumo?
Coqui hercle, credo, faciunt officium suom.   5
Fugiam intro, ne quid turbæ hic itidem fuat.

ACTUS III. SCENA I.

CONGRIO.

Optati cives, populares, incolæ, accolæ, advenæ omnes,
Date viam qua fugere liceat : facite totæ plateæ pateant.
Neque ego umquam, nisi hodie, ad Bacchas veni in bac-
   chanal[1] coquinatum :
Ita me miserum et meos discipulos[2] fustibus male contu-
   derunt.
Totus doleo atque oppido[3] perii : ita me iste habuit senex
   gymnasium ;   5
Neque ligna ego usquam gentium præberi vidi pulcrius.
Itaque omnis exegit foras, me atque hos onustos fustibus.
Attat, perii hercle miser ego : aperitur Bacchanal[4] : adest,
Sequitur ! Scio, quam rem geram : hoc ipsus magister[5]
   docuit me.

ici, à côté. Mais que signifient ces cris chez le voisin? Sans doute
les cuisiniers se sont mis à la besogne. Ma foi ! je rentre bien vite,
pour qu'il n'y ait pas aussi chez nous du vacarme.

ACTE III. SCÈNE I.

CONGRION, *sortant de chez Euclion.*

Chers concitoyens, compatriotes, gens de la ville ou de la ban-
lieue, et vous tous étrangers, faites-moi place, que je me sauve :
que toutes les rues soient libres ! Jamais de ma vie je ne suis venu
cuisiner chez un furieux de cette espèce ! Quel bacchanal ! et comme les coups pleuvaient sur mon pauvre dos et sur celui de mes
gâte-sauce ! Je suis tout endolori ; je n'en réchapperai pas, tant le
vieux drôle s'est escrimé sur moi ! Jamais on n'a fourni le bois
plus libéralement. Nous en avons eu chacun notre bonne charge,
avant d'être jetés dehors. Ah ! ah ! je suis perdu ! malheureux ! notre enragé ouvre la porte, le voilà, il nous poursuit... Je sais ce
que j'ai à faire ; lui-même me l'a appris.

Sed quid hoc clamoris	Mais pourquoi ceci de cri (ce cri)
oritur hinc	s'élève-t-il d'ici
ex proxumo?	du plus près ?
Hercle, coqui	Par Hercule, les cuisiniers
faciunt, credo,	font, je crois,
suom officium.	leur ouvrage.
Fugiam intro,	Je fuirai à-l'-intérieur,
ne quid turbæ	de-peur-que quelque chose de trouble
uat hic itidem.	ne soit ici de même.

ACTE III. SCÈNE I.

CONGRION.

Cives optati, populares,	Citoyens désirés, compatriotes,
incolæ, accolæ,	habitants-d'ici, habitants-d'auprès-d'ici,
ómnes advenæ,	*vous* tous étrangers,
date viam	donnez-*moi* une route
qua liceat fugere :	par laquelle il soit-possible de fuir :
facite	faites [vertes.
plateæ totæ pateant.	*que* les rues tout-entières soient-ou-
Et ego non veni umquam,	Et moi je ne suis jamais venu,
nisi hodie,	sinon aujourd'hui,
ad Bacchas	vers les Bacchantes
in Bacchanal	dans un-lieu-consacré-à Bacchus
coquinatum :	cuisiner :
ita contuderunt male	tant ils ont broyé méchamment
fustibus	avec des bâtons
me miserum	moi malheureux
et meos discipulos.	et mes élèves.
Doleo totus	Je souffre tout-entier
atque perii oppido :	et je suis perdu complétement :
ita iste senex	tant ce vieillard [cice;
habuit me gymnasium;	a eu (a traité) moi *comme* lieu-d'-exer-
et ego non vidi	et moi je n'ai pas vu
usquam gentium	quelque-part chez les nations
ligna præberi	les morceaux-de-bois être fournis
pulcrius.	plus généreusement. [tous,
Itaque exegit foras omnis,	C'est pourquoi il a chassé dehors *nous*
me atque hos	moi et ceux-ci
onustos fustibus.	chargés de bâtons (de coups de bâton).
Attat, hercle	Ah ! par Hercule,
ego miser perii :	moi malheureux je suis perdu :
Bacchanal aperitur :	le lieu-consacré-à-Bacchus s'ouvre:
adest, sequitur!	il est-présent, il *nous* suit!
Scio quam rem geram :	Je sais quelle chose je dois-faire :
ipsus magister	lui-même *étant mon* maître
docuit hoc me.	a appris cela à moi.

ACTUS III. SCENA II.

EUCLIO, CONGRIO.

E. Redi! quo fugis nunc? tene, tene! *C*. Quid, stolide,
clamas?

E. Quia ad Trisviros[1] jam ego deferam tuom nomen.
C. Quamobrem?

E. Quia cultrum habes. *C*. Cocum decet. *E*. Quid comminatu's
Mihi. *C*. Istud malefactum arbitror, quia non latus fodi.

E. Homo nullu'st, te scelestior qui vivat hodie,   5
Neque quoi ego de industria amplius male plus lubens
faxim.

C. Pol etsi taceas, palam id quidem est : res ipsa testi'st.
Sed quid tibi, mendice homo, nos tactio[2] est? quæ res?

E. Etiam rogitas! an quia minus quam me æquom erat
feci?

Sine! *C*. At hercle cum magno malo tuo, si hoc caput sentit[3]?   10

E. Pol ego haud scio quid post fuat : tuom nunc caput
sentit!

Sed in ædibus quid tibi meis nam erat negoti,
Me absente, nisi ego jusseram? Volo scire. *C*. Tace ergo :

SCÈNE II.

EUCLION, CONGRION.

E. Reviens! Où cours-tu? Arrêtez, arrêtez!

C. Qu'a donc à crier ce vieil imbécile?

E. Je vais te dénoncer à l'instant aux triumvirs.

C. Et pourquoi?

E. Parce que tu as un couteau.

C. C'est l'arme d'un cuisinier.

E. Pourquoi m'as-tu menacé?

C. J'ai eu grand tort de ne pas vous crever la panse.

E. Tu es bien le plus franc scélérat qu'il y ait sur terre, et celui
que je houspillerais avec le plus de plaisir.

C. Cela se voit; vous n'avez pas besoin de le dire : le fait parle
assez. Mais de quel droit nous touchez-vous, vieux mendiant? qu'a-
vez-vous?

E. Tu me le demandes? Est-ce parce que tu as reçu moins que
tu ne mérites? Attends.

C. Par Hercule, si cette tête n'a pas perdu le sentiment, cela
vous coûtera cher.

E. Je ne sais pas ce qui arrivera plus tard, mais pour le moment
elle est parfaitement sensible. (*Il le bat.*) Et dis-moi, qu'avais-tu à
faire dans ma maison, en mon absence, sans mon ordre? je serais
bien aise de le savoir.

ACTE III. SCÈNE II.

EUCLION, CONGRION.

E. Redi! quo fugis nunc?
tene! tene!
C. Quid clamas, stolide?
E. Quia ego deferam jam
tuom nomen
ad Trisviros.
C. Quamobrem?
E. Quia habes cultrum.
C. Decet cocum.
E. Quid es comminatus
mihi?
C. Arbitror
illud malefactum,
quia non fodi latus.
E. Nullus homo est
scelestior te
qui vivat hodie,
neque quoi ego
faxim de industria
plus libens
amplius male.
C. Pol etsi taceas,
id est quidem palam :
res ipsa est testis.
Sed quid tactio nos
est tibi,
homo mendice?
quæ res?
E. Rogitas etiam!
An quia feci minus
quam erat æquom me?
Sine!
C. At, hercle,
cum magno malo tuo,
si hoc caput sentit.
E. Pol ego haud scio
quid fuat post :
nunc tuom caput sentit.
Sed quidnam negoti
erat tibi
in meis ædibus,
me absente,
nisi ego jusseram?
Volo scire.

E. Reviens! où fuis-tu maintenant?
arrête-*le*! arrête!
C. Pourquoi cries-tu, sot?
E. Parce que je déférerai bientôt
ton nom
aux triumvirs.
C. Pourquoi?
E. Parce que tu as un couteau.
C. *Cela* convient à un cuisinier.
E. Pourquoi as-tu menacé
moi?
C. Je pense
cela un méfait,
parce que je ne *t'*ai pas percé le flanc.
E. Aucun homme n'est
plus scélérat que toi
qui vive aujourd'hui,
ni à qui moi
je fasse à dessein
plus volontiers
davantage mal (plus de mal).
C. Par Pollux quand-même tu te tairais,
cela est certes en-évidence :
la chose elle-même est témoin.
Mais *en* quoi l'action-de-toucher nous
est à toi,
homme mendiant?
quelle chose *est à toi?*
E. Tu *le* demandes encore!
Est-ce parce que j'ai fait moins
qu'il *n'*était juste moi *faire?*
Permets!
C. Mais, par Hercule,
avec un grand mal tien (pour toi),
si cette tête *mienne* sent.
E. Par Pollux, moi je ne sais
quelle chose doit-arriver après :
maintenant ta tête sent.
Mais quoi d'affaire
était à toi
dans ma maison,
moi étant absent,
puisque moi je n'avais pas ordonné?
Je veux *le* savoir.

Quia venimus coctum ad nuptias. *E.* Quid tu, malum,
  curas
Utrum crudumne an coctum edim[1], nisi tu mihi es tu-
  tor?   15
C. Volo scire sinas an non sinas nos coquere coenam?
E. Volo scire ego item meæ domi mea salva futura.
C. Utinam mea mihi modo auferam, quæ huc attuli, salva!
E. Me haud pænitet[2], tua ne expetam. *C.* Scio : ne doce!
  novi.
E. Adeo ut meam sententiam jam noscere possis :   20
Si ad januam huc accesseris, nisi jussero, propius,
Ego te faciam, miserrumus mortalis uti sis.
Scis jam meam sententiam? Quo abis? redi rursum!
C. Ita me bene amet Laverna[3], te jamjam, nisi reddi
Mihi vasa jubes, pipulo[4] hic differam ante ædis.   25
Quid ego nunc agam? Ne ego edepol veni huc auspicio
  malo :
Nummo sum conductus : plus jam medico mercede est
  opus.

    C. Alors taisez-vous. Nous venions faire la cuisine pour la noce.
    E. Et que t'importe, maraud, que je mange cru ou cuit? Es-tu
mon tuteur?
    C. A mon tour, je serais bien aise de savoir si vous permettez,
oui ou non, que nous apprêtions le repas.
    E. Et moi je serais bien aise de savoir si tout sera en sûreté chez
moi.
    C. Pourvu seulement que je remporte tout ce que j'ai apporté,
je me tiendrai assez content.
    E. Qu'ai-je affaire de ce qui est à vous?
    C. C'est bon, on sait ce qu'on sait.
    E. Eh bien! pour que tu sois dûment averti, si tu approches de
cette porte sans ma permission, je te secouerai de telle façon que
tu serviras d'exemple aux autres. Tu sais à quoi t'en tenir? Où vas-
tu? Reviens. (*Il rentre.*)
    C., *seul.* Par Laverne ma protectrice, si tu ne me fais rendre
tous mes ustensiles, je pousserai de beaux cris à ta porte! Que faire
maintenant? c'est ma mauvaise étoile qui m'a conduit ici. On me
paye un écu : il me faudra donner plus que cela au médecin.

C. Tace ergo :
quia venimus coctum
ad nuptias.
E. Quid curas tu, malum,
utrum edim
crudumne an coctum,
nisi tu es tutor mihi?
C. Volo scire
sinas an non sinas
nos coquere cœnam.
E. Ego item volo scire
mea futura salva
meæ domi.
C. Utinam modo auferam
salva mihi mea
quæ attuli huc!
E. Haud me pœnitet,
ne expetam tua.
C. Scio :
ne doce! novi.
E. Adeo ut possis jam
noscere meam sententiam :
si accesseris propius
huc ad januam,
nisi jussero,
ego faciam te
uti sis
mortalis miserrumus.
Scis jam meam sententiam?
Quo abis?
Redi rursum.
C. Laverna me amet bene
ita,
nisi jubes
vasa reddi mihi,
te differam jamjam
pipulo
hic ante ædis.
Quid agam ego nunc?
Ne edepol,
ego veni huc
auspicio malo :
sum conductus nummo :
jam est opus plus mercede
medico.

C. Tais-toi donc :
parce que nous sommes venus cuire
pour la noce.
E. *En* quoi te soucies-tu, ô malheur!
si je mange
ou cru ou cuit,
à-moins-que toi tu ne sois tuteur à moi?
C. Je veux savoir
si tu permets ou ne permets pas
nous cuire le repas.
E. Moi de même je veux savoir
mes *affaires* devant être sauves
dans ma maison.
C. Que seulement j'emporte
sauves pour moi mes *affaires*
que j'ai apportées ici !
E. Je ne suis pas fâché *des miennes,*
de sorte que je ne convoite pas les
C. Je sais :   [tiennes.
ne me *l'*apprends pas ! je connais.
E. Et afin que tu puisses maintenant
connaître ma pensée :
si tu te seras approché plus près
ici auprès de la porte,
à-moins-que je *l'*aurai ordonné,
moi je ferai toi
de telle sorte que tu sois
le mortel le plus malheureux.
Tu connais maintenant ma pensée?
Où t'en-vas-tu?
Reviens de-nouveau.
C. Que Laverne m'aime bien
aussi (comme il est vrai que),
à-moins-que tu n'ordonnes
les ustensiles être rendus à moi,
je te déchirerai tout à l'heure
par des criailleries
ici devant *ta* maison.
Que ferai-je maintenant?
Certes, par le dieu-Pollux,
moi je suis venu ici
sous un auspice mauvais :
j'ai été loué un écu :
déjà il est besoin davantage de salaire
pour le médecin.

ACTUS III. SCENA III
EUCLIO [1], CONGRIO.

E. Hoc quidem hercle, quoquo ibo, mecum erit, mecum feram,
Neque istic in tantis periclis umquam committam ut siet.
Ite sane nunc intro omnes et coqui, et tibicinæ.
Etiam huc introduce, si vis, vel gregem venalium.
Coquite, facite, festinate nunc iam, quantum lubet.　　5
C. Temperi [2] : postquam implevisti fusti fissorum caput.
E. Intro abi : opera huc conducta est vostra, non oratio.
C. Heus! senex, pro vapulando hercle ego abs te mercedem petam :
Coctum ego, non vapulatum, dudum conductus fui.
E. Lege agito mecum [3]; molestus ne sis. I, cœnam coque,　10
Aut abi in malum cruciatum ab ædibus. *C.* Abi tu modo.

ACTUS III. SCENA IV.
EUCLIO.

Illic hinc abiit. Di immortales ! facinus audax incipit,
Qui cum opulento pauper cœpit rem habere aut negotium.

SCÈNE III.
EUCLION, CONGRION.

E., portant sa marmite. Oui, oui, désormais, partout où j'irai, je la porterai avec moi; elle ne me quittera plus, et je ne l'exposerai pas à de nouveaux dangers.... Entrez tous à présent, marmitons et joueuses de flûte. Amène avec toi, si tu veux, tout un troupeau d'esclaves. Cuisinez, manipulez, trémoussez-vous tant qu'il vous plaira.

C. Il est bien temps, après que vous avez meurtri toutes les têtes.

E. Entre, on vous paye pour travailler et non pas pour raisonner.

C. Oh! oh! mon vieux bonhomme, je me ferai payer de tous les coups que j'ai reçus. Je me suis loué pour faire la cuisine, pas pour être battu.

E. Tu peux m'appeler en justice, mais ne m'importune pas davantage. Entre et fais ton devoir, ou déiale d'ici et va te pendre.

C. Allez - y vous - même. (*Les cuisiniers rentrent dans la maison.*)

SCÈNE IV.
EUCLION.

Le voilà parti. . . . . Dieux immortels! quelle témérité c'est à un pauvre d'avoir quelque affaire avec un homme riche !

ACTE III. SCÈNE III.

EUCLION, CONGRION.

E. Hoc quidem hercle
erit mecum,
feram mecum
quoquo ibo,
neque committam umquam
ut siet istic
in tantis periclis.
Ite sane nunc intro
omnes et coqui,
et tibicinæ.
Introduce etiam huc,
si vis,
vel gregem venalium.
Coquite, facite, festinate,
nunc ïam, quantum lubet.
C. Temperi;
postquam implevisti fasti
caput fissorum.
E. Abi intro :
vostra opera, non oratio
est conducta huc.
C. Heus! senex,
hercle ego petam
mercedem abs te
pro vapulando :
ego fui conductus dudum
coctum, non vapulatum.
E. Agito mecum lege ;
ne sis molestus.
I, coque cœnam,
aut abi ab ædibus
in malum cruciatum.
C. Tu modo abi.

E. Cela certes, par Hercule !
sera avec-moi,
je *le* porterai avec-moi
partout-où j'irai,
et ne commettrai jamais *la faute*
qu'elle soit là
dans de si-grands dangers.
Allez certes maintenant dedans
vous tous et cuisiniers,
et joueuses-de-flûte.
Introduis aussi ici,
si tu *le* veux,
même un troupeau d'esclaves.
Cuisez, faites, hâtez-vous,
maintenant déjà, autant-qu'il vous plaît.
C. A temps (il est bien temps) :
après que tu as rempli avec *ton* bâton
la tête (les têtes) de fentes.
E. Va dedans :
votre travail, non *votre* discours
a été loué pour-ici.
C. Holà ! vieillard,
par Hercule, moi je demanderai
un salaire de toi
pour avoir-été-battu :
moi j'ai été loué tantôt
pour cuire, non pour être-battu. [loi ;
E. Agis contre moi conformément à la
ne sois pas importun.
Va, cuis le repas,
ou va-t'en de la maison   [dre).
à un mauvais tourment (te faire pen-
C. Toi seulement vas-*y*.

ACTE III. SCÈNE IV.

EUCLION.

Illic abiit hinc.
Di immortales!
incipit facinus audax,
qui pauper
cœpit habere rem

Celui-ci est parti d'ici.
Dieux immortels!
il entreprend un acte audacieux,
celui qui pauvre
se met à avoir relation

Veluti Megadorus me tentat omnibus miserum modis,
Qui simulavit, mei honoris mittere huc causa coquos:
Is ea causa misit, hoc qui surriperent misero mihi.   5
Condigne etiam meus me intus gallus gallinaceus,
Qui erat anui peculiaris[1], perdidit pænissume :
Ubi erat hæc[2] defossa, occepit ibi scalpurire ungulis
Circumcirca. Quid opu'st verbis? ita[3] mi pectus pera-
     cuit :
Capio fustem, obtrunco gallum, furem manifestarium[4]. 10
Credo edepol ego illi mercedem gallo[5] pollicitos coquos,
Si id palam fecisset : exemi ex manu istis manubrium[6].
Sed Megadorus, meus adfinis, eccum incedit a foro.
Jam hunc non ausim præterire quin consistam et conlo-
     quar.

ACTUS III. SCENA V.

MEGADORUS, EUCLIO.

M. Narravi amicis multis consilium meum
De condicione hac : Euclionis filiam
Laudant; sapienter factum et consilio bono.

Ce Mégadore m'éprouve et me fait pâtir de toutes les manières. Il a
fait semblant de m'envoyer par honnêteté ces cuisiniers, mais c'est
pour qu'ils me dévalisent et me réduisent à la misère. Jusqu'au
coq de ma vieille servante, cela est bien de lui, qui a failli me
perdre! Ne va-t-il pas gratter avec ses ergots tout autour de la
place où j'avais enterré la marmite! Bref, il m'a mis dans une
telle colère que j'ai pris un bâton et assommé cet impudent voleur.
J'en jurerais, ces maudits marmitons lui avaient promis une ré-
compense pour leur découvrir mon trésor; je leur ai coupé
l'herbe sous le pied. Mais voici mon gendre Mégadore qui revient
de la place. Je n'ose pas faire autrement que de m'arrêter et de
lui parler.

SCÈNE V.

MÉGADORE, EUCLION.

M., sans voir Euclion. J'ai fait part à plusieurs amis de mon
projet de mariage ; on ne me dit que du bien de la fille d'Euclion ; on trouve que je fais sàgement et que j'ai pris le bon parti.

aut negotium	ou affaire
cum opulento.	avec un riche.
Velut Megadorus	Comme (c'est ainsi que) Mégadore
tentat omnibus modis	tâte de toutes les façons
me miserum,	moi malheureux,
qui simulavit	*lui* qui a feint
mittere huc coquos	d'envoyer ici des cuisiniers
causa mei honoris :	en considération de mon honneur :
is misit ea causa,	celui-ci *les* a envoyés pour ce motif,
qui surriperent hoc	afin-qu'-eux dérobassent ceci
mihi misero.	à moi malheureux.
Intus	A-l'-intérieur
meus gallus gallinaceus	mon coq
etiam,	même, [vieille,
qui erat peculiaris anui,	qui était acquis-avec-le-pécule à la
perdidit me pænissume	a perdu moi presque-tout-à-fait
condigne :	d'une-manière-bien-digne *de lui :*
occepit scalpurire ungulis	il a commencé à gratter de *ses* ongles
circumcirca	tout-autour
ibi ubi hæc	là où celle-ci (cette marmite)
erat defossa.	avait été enfouie.
Quid est opus verbis ?	Qu'est-il besoin de paroles ?
peracuit mi pectus ita:	il a irrité à moi le cœur ainsi :
capio fustem,	je prends un bâton,
obtrunco gallum,	je massacre le coq,
furem manifestarium.	voleur manifeste.
Ego edepol credo	Moi par le dieu-Pollux je crois [pense
coquos pollicitos mercedem	les cuisiniers avoir promis une récom-
illi gallo,	à ce coq, [évidence :
si fecisset id palam :	s'il avait fait (mis) cela (ce secret) en
exemi istis ex manu	j'ai arraché à eux de la main
manubrium.	le manche.
Sed eccum Megadorus,	Mais voici-que Mégadore,
meus adfinis,	mon allié,
incedit a foro.	s'avance de la place-publique.
Jam non ausim	Maintenant je n'oserais
præterire hunc	passer-auprès-de lui
quin consistam	sans-que je m'arrête
et conloquar.	et que je cause-avec *lui.*

ACTE III. SCÈNE V.

MÉGADORE, EUCLION.

M. Narravi multis amicis	*M.* J'ai raconté à beaucoup d'amis
meum consilium	mon dessein
de hac condicione :	touchant cet établissement :
laudant filiam Euclionis ;	ils louent la fille d'Euclion ; [moi
factum sapienter	*ils disent avoir été* agi sagement *par*

Nam, meo quidem animo, si idem faciant ceteri,
Opulentiores, pauperiorum filias   5
Ut indotatas ducant uxores domum :
Et multo fiat civitas concordior,
Et invidia nos minore utamur quam utimur;
Et illæ malam rem metuant quam metuont magis;
Et nos minore sumptu simus quam sumus.   10
In maxumam illuc populi partem est optumum.
In pauciores avidos altercatio [1] est;
Quorum animis avidis atque insatietatibus
Neque lex neque tutor [2] capere est qui possit modum.
Namque hoc qui dicat : Quo illæ nubent divites   15
Dotatæ, si istud jus pauperibus ponitur?
Quo lubeant [3] nubant, dum dos ne fiat comes.
Hoc ita si fiat, mores meliores sibi
Parent, pro dote quos ferant, quam nunc ferunt.
Ego faxim, muli, pretio qui superant equos,   20
Sint viliores Gallicis cantheriis.
E. Ita me di amabunt [4] ut ego hunc ausculto lubens ·
Nimis lepide fecit verba ad parsimoniam.
M. Nulla igitur dicat : Equidem dotem ad te attuli

M'est avis que, si les autres faisaient comme moi, si les riches épousaient sans dot les filles des pauvres, la société serait plus unie, et on nous envierait moins qu'on ne fait. Les femmes craindraient davantage nos rigueurs, et nous, nous aurions moins de dépenses à faire. Ce que je dis est dans l'intérêt général. On ne trouverait d'opposition que chez une minorité d'esprits avides, de ces gens dont l'insatiable cupidité ne connaît ni loi, ni tuteur, ni mesure. « Mais, dira-t-on, avec qui se marieront les filles riches et qui ont des dots, si on accorde ce privilége aux pauvres? » Eh! qu'elles se marient avec qui elles voudront, pourvu qu'elles n'apportent pas de dot. S'il en allait ainsi, elles songeraient plus qu'elles ne font à acquérir des vertus qui leur tiennent lieu d'argent. Je ferais si bien, qu'on verrait les mulets, plus chers aujourd'hui que des chevaux, tomber à plus bas prix que les hongres gaulois.

E., à part. Sur mon âme, voilà des discours que j'écoute avec plaisir : il parle d'or sur l'économie.

M. Elles ne pourraient plus dire : « Je t'ai apporté une dot bien

et bono consilio.	et avec une bonne détermination.
Nam, meo animo quidem,	Car, à mon gré certes, [chose,
si ceteri faciant idem,	si tous-les-autres faisaient la même
ut opulentiores	que *ceux qui sont* plus riches
ducant uxores domum	emmenassent *comme* épouses chez-eux
filias pauperiorum	les filles de *ceux qui sont* plus pauvres
indotatas,	non-dotées,
et civitas fiat	et l'État deviendrait
multo concordior,	beaucoup plus uni, [en butte à) l'envie
et nos utamur invidia	et nous, nous userions de (nous serions
multo minus quàm utimur;	beaucoup moins que nous *n'en* usons ;
et illæ metuant	et celles-ci (les femmes) craindraient
rem malam	une aventure fâcheuse,
magis quam metuont;	plus qu'elles *ne la* craignent ;
et nos simus	et nous, nous serions
sumptu minore	d'une dépense moins grande
quam sumus.	que nous *ne* sommes.
Illuc est optumum	Cela est le meilleur
in maxumam partem	pour la plus grande partie
populi.	du peuple.
Altercatio est	La contestation est (serait)
in avidos pauciores,	envers (avec) des *citoyens* avides moins
animis avidis	aux esprits avides [nombreux,
atque insatietatibus quorum	et aux appétits-insatiables desquels
neque lex neque tutor est	ni loi ni tuteur *n'est*
qui possit capere modum.	qui puisse fixer une mesure.
Namque qui dicat hoc :	Car *celui* qui dirait ceci :
Quo nubent illæ divites	A qui se marieront ces *filles* riches
dotatæ,	dotées,
si istud jus ponitur	si ce droit est établi
pauperibus?	pour les pauvres ?
Nubant quo lubeant,	Qu'elles se marient à qui elles voudront,
dum dos ne fiat comes.	pourvu qu'une dot ne devienne pas *leur*
Si hoc fiat ita,	Si cela se-faisait ainsi, [compagne.
parent sibi	elles acquerraient pour elles-mêmes
mores,	des mœurs,
quos ferant pro dote,	qu'elles puissent-apporter pour dot,
meliores quam nunc ferunt.	meilleures qu'elles *n'en* apportent main-
Ego faxim muli,	Moi je ferais *que* les mulets, [tenant.
qui superant equos pretio,	qui dépassent les chevaux en valeur,
sint viliores	fussent à-plus-vil-prix
cantheriis Gallicis.	que les hongres gaulois.
E. Di amabunt me ita	*E.* Les dieux aimeront moi ainsi,
ut ego ausculto lubens	comme moi j'écoute volontiers
hunc :	celui-ci : [spirituellement
fecit verba nimis lepide	il a fait (prononcé) des paroles bien
ad parsimoniam,	quant à (sur) l'économie.
M. Igitur nulla dicat :	*M.* Donc qu'aucune femme ne dise :
Equidem attuli ad te	Certes j'ai apporté à toi
dotem multo majorem	une dot beaucoup plus grande

Majorem multo quam tibi erat pecunia :   25
Enim mihi quidem æquom est purpuram atque aurum
    dari,
Ancillas, mulos, muliones, pedisequos,
Salutigerulos pueros, vehicla, qui vehar.
E. Ut matronarum hic facta pernovit probe !
Moribus præfectum mulierum hunc factum velim.   30
M. Nunc, quoquo venias, plus plaustrorum in ædibus
Videas quam ruri, quando ad villam veneris.
Sed hoc etiam pulcrum est, præquam sumptus ubi petunt :
Stat fullo [1], phrygio, aurifex, lanarius,
Caupones, patagiarii, indusiarii,   35
Flammarii, violarii, cararii,
Propolæ, linteones, calceolarii,
Sedentarii [2] sutores, diabatharii,
Solearii [3] astant, astant molochinarii [4] ;
Petunt fullones, sarcinatores petunt   40
Pro illis crocotis, strophiis [5], sumptu uxorio.
Jam hosce absolutos censeas : cedunt, petunt
Trecenti ; circumstant phylacistæ [6] in atriis,
Textores, limbularii, arcularii ;
Aut aliqua mala crux semper est, quæ aliquid petat.   45
E. Compellem ego illum, ni metuam, ne desinat

supérieure à ta fortune. Il est donc juste que tu me donnes de la pourpre, des bijoux, des servantes, des mulets, des muletiers, des valets de pied, des coureurs, des voitures pour me promener. »

E., *à part*. Comme il connaît bien les allures de nos grandes dames! Je voudrais qu'on le chargeât de veiller sur leur conduite.

M. Allez où vous voudrez, il n'y a pas de maison de ville où vous ne trouviez plus de voitures qu'à la maison des champs. Mais ce n'est rien encore en comparaison des autres dépenses. Vous avez le foulon, le brodeur, l'orfévre, le lainier, puis une troupe de marchands : frangiers, chemisiers, teinturiers en orange, teinturiers en violet, teinturiers en jaune, brocanteurs, vendeurs d'étoffes de lin, vendeurs de chaussures, cordonniers, fabricants de pantoufles; de l'argent au faiseur de sandales, au teinturier en fleur de mauve; de l'argent au dégraisseur, au raccommodeur, pour des robes couleur de safran, pour des ceintures, pour tout le luxe de votre femme. Vous payez, vous vous croyez quitte : voici venir une bande nouvelle qui assiége votre antichambre : tisserands, passementiers, layetiers, défilent devant la caisse, ou quelque autre détestable engeance qui en veut à votre bourse.

E., *à part*. Je lui parlerais bien, mais je serais fâché de l'inter-

quam pecunia erat tibi :	que l'argent *n'*était à toi :
enim est quidem æquom	en-conséquence il est assurément juste
purpuram atque aurum,	de la pourpre et de l'or,
ancillas, mulos,	des servantes, des mulets,
muliones, pedisequos,	des muletiers, des valets-de-pied,
pueros salutigerulos,	des laquais qui-portent-des-salutations,
vehicla qui vehar,	des chars par quoi je sois portée,
dari.	*m'*être donnés.
E. Ut hic pernovit probe	E. Comme celui-ci a approfondi bien
facta matronarum !	les façons des matrones!
Velim hunc	Je voudrais celui-ci
factum præfectum	*avoir été* fait préposé
moribus mulierum.	aux mœurs des femmes. [ailles,
M. Nunc, quoquo venias,	M. Maintenant, en-quelque-lieu-que tu
videas plus plaustrorum	tu pourras-voir plus de voitures
in ædibus	dans la maison
quam ruri,	qu'à la campagne,
quando veneris ad villam.	quand tu seras allé à la ferme.
Sed hoc etiam est pulcrum,	Mais cela même est beau,
præquam	en-comparaison-de *ce-qui a lieu*
ubi petunt sumptus :	quand ils (les fournisseurs) réclament
fullo stat,	le foulon se tient *là*, [les dépenses :
phrygio, aurifex,	le brodeur-en-or, l'orfévre.
lanarius, caupones,	le lainier, les marchands-en-détail,
patagiarii, indusiarii,	les fabricants-de-franges, les chemi-
flammarii,	les teinturiers-en-couleur-de-feu,[siers,
violarii,	les teinturiers-en-violet,
cararii,	les teinturiers-en-couleur-de-cire,
propolæ, linteones,	les revendeurs, les fabricants-d'-étoffes-
calceolarii,	les fabricants-de-chaussures, [de-lin,
sutores sedentarii,	les cordonniers qui-travaillent-assis,
diabatharii ;	les fabricants-de-pantoufles ; [auprès,
solearii astant,	les fabricants-de-sandales se-tiennent-
molochinarii astant ;	les teinturiers-en-couleur-mauve se-
fullones petunt,	les dégraisseurs réclament, [tiennent-
sarcinatores petunt,	les raccommodeurs réclament, [auprès;
pro illis crocotis,	pour ces robes-couleur-de-safran,
strophiis,	pour des bandes-d'étoffe,
pro sumptu uxorio.	pour la dépense de-l'-épouse.
Censeas jam	Tu penserais alors
hosce absolutos :	ceux-ci payés :
trecenti cedunt, petunt :	trois cents *autres* viennent, réclament :
textores, limbularii,	des tisserands, des fabricants-de-bor-
arcularii	des coffretiers [dures,
circumstant phylacistæ	t'entourent *comme* des geôliers
in atriis ;	dans les antichambres;
aut aliqua mala crux	ou quelque mauvaise peste
est semper	est toujours [chose.
quæ petat aliquid.	qui demande (pour demander) quelque
E. Ego compellem illum,	E. Moi je parlerais à lui,

Memorare mores mulierum; nunc sic sinam.
M. Ubi nugivendis res soluta est omnibus,
Ibi ad postremum cedit miles[1], æs petit.
Itur, putatur ratio cum argentario;   50
Impransus miles astat, æs censet dari.
Ubi disputata est ratio cum argentario,
Etiam plus ipsus debet argentario.
Spes prorogatur militi in alium diem.
Hæc[2] sunt atque aliæ multæ in magnis dotibus   55
Incommoditates sumptusque intolerabiles.
Nam quæ indotata est, ea in potestate est viri;
Dotatæ mactant et malo et damno viros.
Sed eccum adfinem ante ædis. Quid agis, Euclio?
E. Nimium libenter edi sermonem tuom.   60
M. Ain? audivisti? *E.* Usque a principio omnia.
M. Tamen meo quidem animo aliquanto facias rectius,
Si nitidior sis filiai nuptiis.
E. Pro re nitorem et gloriam pro copia.
Qui habent, meminerint[3] sese unde oriundi sient;   65
Neque, pol, Megadore, mihi neque quoiquam pauperi
Opinione melius res structa est domi.

rompre au beau milieu de son chapitre. Laissons-le tranquille.

M. Vous avez réglé le compte de tous ces marchands de colifi-
chets, voici pour le bouquet le collecteur de la solde des troupes
qui réclame son argent. Vous allez chez votre banquier, vous comp-
tez avec lui. Le collecteur reste là, le ventre creux, attendant ce
que vous allez lui donner. Mais, de compte fait, il se trouve que
c'est vous qui redevez au banquier. Il faut remettre le collecteur
à un autre jour. Et ce n'est là qu'une partie des désagréments et
des folles dépenses qui sont la conséquence d'une grosse dot. La
femme qui n'a rien est soumise à son mari; l'autre le désole et
le ruine.... Mais j'aperçois mon beau-père devant sa porte. Que
dites-vous de bon, Euclion?

E. J'écoutais ce que vous disiez, et j'en étais ravi.

M. Ah! vous m'avez entendu?

E. D'un bout à l'autre.

M. A propos, il me semble que vous feriez bien de faire un brin
de toilette pour la noce de votre fille.

E. Que chacun se mesure à son aune et se chausse à son pied.
Les richards doivent se souvenir de leur origine, mais moi, Mégadore, et les autres pauvres, nous ne sommes pas plus à l'aise qu'on
ne croit.

ni metuam	si je ne craignais
ne desinat memorare	qu'il ne cessât de rappeler
mores mulierum ;	les mœurs des femmes ;
nunc sinam sic.	maintenant je *le* laisserai ainsi.
M. Ubi res est soluta	*M.* Dès que l'affaire est payée
omnibus nugivendis,	à tous les vendeurs-de-colifichets,
ibi ad postremum	là (alors) à la fin
miles cedit,	le soldat vient,
petit æs.	réclame de l'argent.
Itur, ratio putatur	On va, le compte est apuré
cum argentario.	avec le banquier.
Miles impransus astat,	Le soldat à-jeun se-tient-auprès,
censet æs dari.	il pense de l'argent *lui* être donné.
Ubi ratio est disputata	Dès que le compte a été discuté
cum argentario,	avec le banquier,
ipsus debet etiam plus	lui-même doit même plus
argentario.	au banquier.
Spes prorogatur militi	L'espérance est remise pour le soldat
in alium diem.	à un autre jour.
Hæc incommoditates	Ces inconvénients
multæ atque aliæ	et beaucoup d'autres
sumptusque intolerabiles	et des dépenses intolérables
sunt in magnis dotibus.	sont dans les grandes dots.
Nam ea quæ est indotata	Car celle qui est non-dotée
est in potestate viri;	est au pouvoir de *son* mari; [ris
dotatæ mactant viros	les *femmes* dotées gratifient *leurs* ma-
et malo et damno.	et de mal et de dommage.
Sed eccum adfinem	Mais voici *mon* parent-par-alliance
ante ædis.	devant *sa* maison.
Quid agis, Euclio?	Que fais-tu, Euclion?
E. Edi nimium lubenter	*E.* J'ai savouré bien volontiers
tuom sermonem.	ton discours.
M. Ain? Audivisti?	*M.* Tu dis? Tu as entendu?
E. Omnia	*E.* Tout
usque a principio.	depuis le commencement.
M. Tamen	*M.* Cependant
meo animo quidem	à mon gré certes
facias aliquanto rectius,	tu ferais quelque-peu mieux,
si sis nitidior	si tu étais plus élegant
nuptiis filiæ.	pour les noces de *ta* fille.
E. Nitorem pro re	*E. On a* de l'éclat selon *sa* fortune
et gloriam pro copia.	et le désir-de-paraître selon *ses* res-
Qui habent	Que *ceux* qui ont [sources.
meminerint sese	se souviennent d'eux-mêmes
unde sient oriundi;	d'où ils sont sortis;
neque, pol, Megadore,	ni par Pollux, Mégadore,
res structa est domi	la fortune n'a été entassée à la maison
mihi neque quoiquam	à moi ni à quelque
pauperi	pauvre [croit).
melius opinione.	mieux que l'opinion (qu'on ne le

M. Immo, Euclio, est, et di faciant uti siet;
Plus plusque sospitent istuc quod nunc habes.
E. Illud mihi verbum non placet: Quod nunc habes.   70
Tam hoc scit me habere quam egomet : anus fecit palam.
M. Quid tu te solus e senatu[1] sevocas?
E. Pol, ego te ut accusarem meditabar. *M*. Quid est?
E. Quid sit me rogitas? qui mihi omnis angulos
Furum implevisti in ædibus misero mihi ;   75
Qui mi intromisti[2] in ædis quingentos coquos
Cum senis[3] manibus, genere Geryonaceo[4];
Quos si Argus[5] servet, qui oculeus totus fuit,
Quem quondam Ioni Juno custodem addidit,
Is numquam servet; præterea tibicinam,   80
Quæ mi interbibere sola, si vino scatat,
Corinthiensem fontem Pirenam[6] potest.
Tum obsonium autem pol vel legioni sat est.
M. Etiam agnum misi. *E*. Quo quidem agno sat scio
Magis curiosam[7] nusquam esse ullam beluam.   85
M. Volo ego ex te scire qui sit agnus curio[8].

M. Si fait, et puissent les dieux vous conserver et augmenter ce que vous avez !

E., *à part*. Ce que j'ai ! voilà un mot qui ne me va guère. Il sait aussi bien que moi ce que j'ai : la vieille a bavardé.

M. Pourquoi donc vous parler tout seul, et faire ainsi bande à part ?

E. Je songeais à vous faire les reproches que vous méritez.

M. Qu'y a-t-il ?

E. Ce qu'il y a? Vous remplissez de voleurs tous les coins de ma pauvre maison; vous fourrez chez moi cinq cents cuisiniers, qui ont chacun six mains, toute une séquelle de petits Géryons. Argus, qui était tout yeux, et que Junon donna pour gardien à Io, ne viendrait pas à bout de les surveiller. Et avec cela une joueuse de flûte, capable de mettre à sec la fontaine corinthienne de Pirène, s'il en coulait du vin. Et les provisions, ils en consomment autant qu'une légion.

M. Eh bien, j'ai envoyé un agneau.

E. Ah ! un agneau ! je n'ai jamais vu de bête si décharnée ?

M. Que voulez-vous dire avec votre agneau décharné ?

M. Immo, Euclio, est,	*M.* Au-contraire, Euclion, elle *y* est,
et di faciant uti siet;	et que les dieux fassent qu'elle *y* soit;
sospitent plus plusque	qu'ils sauvent plus et plus
istuc quod habes nunc.	ce que tu as maintenant.
E. Illud verbum	*E.* Cette parole
non placet mihi :	ne plaît pas à moi :
Quod habes nunc.	*Ce* que tu as maintenant.
Scit tam quam egomet	Il sait autant que moi-même
me habere hoc;	moi avoir cela :
anus fecit palam.	la vieille a fait (mis) *cela* en-évidence.
M. Quid tu solus	*M.* Pourquoi toi seul
sevocaste e senatu?	sépares-tu toi du sénat?
E. Pol, ego meditabar	*E.* Par Pollux! moi, je songeais,
ut accusarem te.	afin que j'accusasse toi.
M. Quid est?	*M.* Qu'est-ce? [est?
E. Rogitas me quid sit?	*E.* Tu demandes à moi quelle chose
qui implevisti furum	*toi* qui as rempli de voleurs
mihi, mihi misero,	pour moi, pour moi malheureux,
omnis angulos	tous les coins
in aedibus;	dans la maison;
qui intromisti mi	qui as introduit pour moi
in aedis	dans la maison
quingentos coquos	cinq-cents cuisiniers
cum senis manibus,	avec six mains pour chacun,
genere Geryonaceo;	de la race de-Géryon;
quos si Argus,	lesquels si Argus,
qui fuit totus oculeus,	qui fut tout-entier en-yeux,
quem Juno	lequel Junon
addidit quondam custodem	plaça jadis *comme* gardien
Ioni,	auprès d'Io,
servet,	surveillait,
is numquam servet;	lui ne *les* surveillerait pas; [de-flûte,
praeterea tibicinam,	*tu as introduit* en outre une joueuse-
quae potest	qui peut
mi interbibere sola	me boire-entièrement *à elle* seule
fontem Pirenam	la fontaine Pirène
Corinthiensem,	de-Corinthe,
si scatat vino.	si elle faisait-jaillir du vin. [d'autre-part
Tum obsonium autem	Puis la bonne-chère *qu'ils dévorent*
est pol sat	est, par Pollux, assez (suffisante)
vel legioni.	même pour une légion.
M. Etiam misi agnum.	*M.* Eh-bien, j'ai envoyé un agneau.
E. Quo agno quidem	*E. En comparaison* duquel agneau
scio sat	je sais assez
ullam beluam	aucune bête
esse nusquam	*n'*être-nulle-part
magis curiosam.	plus soucieuse (décharnée).
M. Ego volo scire ex te	*M.* Moi je veux savoir de toi
qui sit	quel est (ce qu'est)
agnus curio.	un agneau soucieux (décharné).

E. Qui ossa atque pellis totu'st : ita cura macet.
Quin exta inspicere in sole etiam vivo licet :
Ita is pellucet, quasi lanterna Punica[1].
M. Cædundum illum ego conduxi. *E.* Tum tu idem optu-
    mum est   90
Loces efferundum[2] : nam jam, credo, mortuo'st.
M. Potare ego hodie, Euclio, tecum volo.
E. Non potem[3] ego quidem hercle. *M.* At ego jussero[4]
Cadum unum vini veteris a me adferrier.
E. Nolo hercle : nam mihi bibere decretum est aquam. 95
M. Ego te hodie reddam madidum, si vivo, probe,
Tibi quoi[5] decretum est bibere aquam. *E.* Scio, quam rem
    agat :
Ut me deponat vino[6], eam adfectat viam :
Post hoc, quod habeo, ut commutet coloniam.
Ego id cavebo : nam alicubi abstrudam foris.   100
Ego faxo[7] et operam et vinum perdiderit simul.
M. Ego, nisi quid me vis, eo lavatum, ut sacruficem.

E. Il n'a que la peau et les os, une vraie carcasse. On peut voir
ses boyaux au soleil, tout vivant qu'il est. Une lanterne de Car-
thage n'est pas plus transparente.

M. Je l'ai acheté pour le tuer.

E. Vous feriez bien mieux de payer pour le mettre en terre, car
je crois qu'il est déjà mort.

M. Je me promets de boire aujourd'hui un bon coup avec vous,
Euclion.

E. Je ne pense guère à boire.

M. Je vous enverrai de chez moi un baril de vin vieux.

E. Bien obligé, je ne veux que de l'eau.

M. Si je vis, je vous humecterai comme il faut, mais de bon vin,
quoique vous ne vouliez que de l'eau.

E., *à part.* Je vois la finesse. Il prétend m'enterrer sous la table,
et après il déménagerait mon trésor. Mais je serai sur mes gardes,
je vais aller le cacher hors de chez moi ; il perdra à la fois sa peine
et son vin.

M. Si vous n'avez plus rien à me dire, je vais me baigner avant
d'offrir le sacrifice. (*Il sort.*)

E. Qui est totus
ossa atque pellis :
ita macet cura.
Quin licet
inspicere in sole
exta etiam vivo :
is pellucet ita
quasi lanterna punica.
M. Ego conduxi illum
cædundum.
E. Tum optumum est
tu idem loces
efferundum :
nam, credo,
est mortuos jam.
M. Ego volo, Euclio,
potare hodie tecum.
E. Ego non potem quidem
hercle.
M. At ego jussero
unum cadum vini veteris
adferrier a me.
E. Nolo hercle :
nam est decretum mihi
bibere aquam.
M. Ego reddam hodie te
probe madidum,
si vivo,
tibi quoi est decretum
bibere aquam.
E. Scio quam rem agat :
adfectat eam viam,
ut deponat me vino :
ut post hoc
quod habeo
commutet coloniam.
Ego cavebo id :
nam abstrudam foris
alicubi.
Ego faxo
ut perdiderit simul
et operam et vinum.
M. Ego,
nisi vis quid
ad me,
eo lavatum,
ut sacruficem.

E. *Celui* qui est tout-entier
os et peau :
tant il est-maigri par le souci.
Bien-plus, il est possible
d'examiner au soleil
les entrailles même *à lui* vivant :
celui-ci est transparent ainsi
comme une lanterne punique.
M. Moi j'ai pris-pour-de-l'argent lui
devant être abattu.
E. Alors le meilleur est   [nant-argent
que toi le même tu *le* donnes-moyen-
devant être emporté (à enterrer) :
car, je crois,
il est mort déjà.
M. Moi je veux, Euclion,
boire aujourd'hui avec-toi.
E. Moi, je ne boirais certes pas,
par Hercule.
M. Mais moi, j'aurai ordonné
un baril de vin vieux
être apporté de-chez moi.
E. Je ne-veux-pas, par Hercule :
car il a été décidé par moi
de boire de l'eau.
M. Moi, je rendrai aujourd'hui toi
bien humecté,
si je vis,
toi par qui il a été décidé
de boire de l'eau.
E. Je sais quelle chose il veut-faire :
il cherche-à-prendre cette voie,
afin qu'il mette-à-bas moi par le vin :
afin qu'après cela
ce que j'ai
change de colonie (de place).
Moi, je prendrai-garde-à cela :
car je *le* cacherai dehors
quelque-part.
Moi, je ferai *en sorte*
qu'il ait perdu ensemble
et *sa* peine et *son* vin.
M. Moi,   [chose
à-moins-que tu ne veuilles *dire* quelque
à moi,
je vais me baigner,
afin que je fasse-un-sacrifice.

ACTUS III. SCENA VI.

EUCLIO.

E. Edepol ne tu, aula, multos inimicos habes,
Atque istuc aurum quod tibi concreditum est.
Nunc hoc mihi factu est optumum ut te auferam,
Aula, in Fidei¹ fanum : ibi abstrudam probe.
Fides, novisti me, et ego te : cave sis tibi,
Ne in me mutassis² nomen, si hoc concreduo ³!
Ibo ad te, fretus tua, Fides, fiducia.

ACTUS IV. SCENA I.

STROBILUS ⁴.

Hoc est servi facinus frugi, facere quod ego persequor :
Ne moræ molestiæque imperium herile habeat sibi.
Nam qui hero ex sententia servire servos postulat,
In herum matura, in se sera, condecet capessere ;
Sin dormitat, ita dormitet, servom sese ut cogitet.   5
Nam qui amanti hero servitutem servit quasi ego ser-
    vio,
Si herum videt superare amorem, hoc servi esse officium
    reor,

SCÈNE VI.

EUCLION.

Eh ! ma chère marmite, que d'ennemis ligués contre toi, et contre l'or qui t'est confié ! Je n'ai rien de mieux à faire que de t'emporter dans le temple de la Bonne Foi, et de t'y cacher comme il faut. O Bonne Foi ! tu me connais, je te connais aussi : ne va pas démentir ton nom en mon honneur, quand je t'aurai remis ce dé- pôt. Je viens à toi en toute confiance.

ACTE IV. SCÈNE I.

STROBILE, *seul.*

Je suis en train de me conduire comme un honnête homme d'es- clave : j'exécute mes ordres sans retard et de bonne grâce. Si l'on veut servir son maître de manière à le contenter, il faut ajourner ses propres affaires, et donner le pas à celles du patron. A-t-on som- meil, il faut, tout en dormant, ne pas oublier qu'on est esclave. Quand on se trouve, comme moi, au service d'un amoureux, si l'on voit que l'amour l'emporte, on doit, à mon sens, le retenir

ACTE III. SCÈNE VI.

EUCLION.

Ne tu edepol, aula,	Certes toi, par le dieu-Pollux, marmite,
habes multos inimicos,	tu as beaucoup d'ennemis,
atque istuc aurum	et (ainsi que) cet or
quod est concreditum tibi.	qui a été confié à toi.
Nunc hoc est mihi	Maintenant ceci est pour moi
optumum factu,	le meilleur à être fait,
ut auferam te, aula,	que j'emporte toi, marmite,
in fanum Fidei :	dans le temple de la *Bonne* Foi :
abstrudam ibi probe.	je *te* cacherai là bien.
Fides, novisti me,	*Bonne* Foi, tu connais moi,
et ego te :	et moi, *je connais* toi :
cave sis tibi	prends-garde, si tu veux, pour toi
ne mutassis nomen	que *tu* n'aies changé de nom
in me,	touchant moi,
si concreduo hoc!	si je *te* confie ceci !
Ibo ad te, Fides,	J'irai vers toi, *Bonne* Foi, [toi).
fretus fiducia tua.	appuyé sur *ma* confiance-tienne (en

ACTE IV. SCÈNE I.

STROBILE.

Hoc est facinus	Ceci est le fait
servi frugi	d'un esclave de bien
facere quod ego persequor :	de faire *ce* que je poursuis :
ne habeat sibi	qu'il n'ait pas pour lui-même
moræ molestiæque	à retard et à incommodité
imperium herile.	l'ordre du-maître.
Nam servos qui postulat	Car l'esclave qui demande
servire hero	à servir *son* maître
ex sententia,	d'après *son* désir (à souhait),
condecet capessere	il convient *lui* exécuter
matura in herum,	des choses promptes pour *son* maître,
sera in se :	tardives pour lui-même :
sin dormitat,	mais-s'il dort,
dormitet ita	qu'il dorme de-telle-sorte
ut cogitet esse servom.	qu'il pense *lui* être esclave.
Nam qui servit servitutem	Car *celui* qui sert *en* servitude
hero amanti,	un maître amoureux,
quasi ego servio,	comme moi je sers,
si videt amorem	s'il voit l'amour
superare herum,	vaincre *son* maître,
reor hoc esse officium	je pense ceci être le devoir

Retinere ad salutem, non enim quo incumbat eum impel-
    lere.
Quasi pueris qui nare discunt scirpea induitur ratis,
Qui [1] laborent minus, facilius ut nent et moveant ma-
    nus :   10
Eodem modo servom ratem esse amanti hoc æquom
    censeo ,
Ut tollere eum possit, ne pessum abeat. Tamquam auspex
    heri
Ille imperium ediscat, ut, quod frons velit, oculi sciant;
Quod jubeat, citis quadrigis citius properet persequi.
Qui ea curabit, abstinebit censione bubula,   15
Neque sua opera rediget umquam in splendorem [2] com-
    pedes.
Nam herus meus amat filiam hujus Euclionis pauperis;
Eam hero nunc renuntiatum est nuptum huic Megadoro
    dari :
Is speculatum huc misit me , ut quæ fierent fieret par-
    ticeps.
Nunc sine omni suspicione in ara hic adsidam sacra.   20
Hinc ego et huc et illuc potero quid agant arbitrarier [5].

pour son bien, et non pas le pousser où son penchant l'entraîne.
Voyez les enfants qui apprennent à nager : on leur donne un radeau d'osier pour qu'ils se fatiguent moins, nagent plus aisément
et puissent mouvoir les mains : eh bien! je trouve qu'un esclave est
le radeau d'un maître amoureux ; il le soutient, l'empêche de faire
le plongeon. Il faut que l'esclave, comme un augure, sache lire la
volonté de son maître sur son front, dans ses yeux. Il reçoit un ordre : il courra plus vite que le vent. Avec cette conduite, on n'a pas
à craindre les étrivières, on ne polit pas ses fers à force de les porter. Mon maître est amoureux de la fille du bonhomme Euclion,
un pauvre hère ; on vient de lui apprendre qu'elle épouse Mégadore.
Il m'envoie ici faire sentinelle pour l'instruire de ce qui se passe.
Je vais, pour ne donner l'éveil à personne, m'asseoir sur cet autel.
Je pourrai voir de là ce qu'on fera de part et d'autre.

servi,
retinere ad salutem,
non enim impellere
quo incumbat.
Quasi ratis scirpea
induitur pueris
qui discunt nare,
qui laborent minus,
ut nent et moveant manus
facilius :
censeo eodem modo
hoc æquom,
servom esse ratem
amanti,
ut possit tollere cum,
ne abeat pessum.
Ille ediscat
tamquam auspex
imperium heri,
ut oculi sciant
quod frons velit;
properet citius
citis quadrigis
persequi quod jubeat.
Qui curabit ea
abstinebit censione
bubula,
neque rediget umquam
compedes in splendorem
sua opera.
Nam meus herus
amat filiam
hujus Euclionis pauperis;
nunc est renuntiatum
hero
eam dari nuptum
huic Megadoro :
is misit me huc
speculatum,
ut fieret particeps
quæ fierent.
Nunc adsidam hic
in ara sacra
sine omni suspicione.
Ego potero hinc
arbitrarier huc et illuc
quid agant.

d'un esclave,
de *le* retenir pour *son* salut,
non certes de *le* pousser
où il penche.
Comme un radeau de-jonc
est mis aux enfants
qui apprennent à nager,
afin-que-par-là ils se fatiguent moins,
afin qu'ils nagent et remuent les mains
plus facilement :
je pense de la même manière
ceci juste,
un esclave être un radeau
pour un *maître* amoureux,
afin qu'il puisse soulever lui,
de-peur-qu'il n'aille au fond.
Qu'il étudie
comme un augure
le commandement de *son* maître,
afin que *ses* yeux sachent
ce que le front *du maître* peut-vouloir;
qu'il se hâte plus rapidement
qu'un rapide quadrige |ner.
d'exécuter *ce* que *celui-ci* peut-ordon-
Celui qui aura-soin-de ces choses
se tiendra-éloigné de la correction
de-bœuf (à coups-de lanières-de-peau
et ne ramènera jamais   [de bœuf),
les entraves à *leur* éclat
par son aide.
Or mon maître
aime la fille
de cet Euclion pauvre;
maintenant il a été annoncé
à *mon* maître
elle être donnée en-mariage
à ce Mégadore-ci :
lui a envoyé moi ici
épier,
afin qu'il devînt instruit
des choses qui se-feraient.
Maintenant je m'asseoirai ici
sur l'autel sacré
sans *éveiller* aucun soupçon.
Moi, je pourrai de là
observer çà et là (d'un côté et de l'autre)
quelle chose ils font.

ACTUS IV. SCENA II.

EUCLIO, STROBILUS.

E. Tu modo cave quoiquam indicassis[1], aurum meum esse
istic, Fides :

Non metuo ne quisquam inveniat : ita probe in latebris
situm est.

Edepol ne illic pulcram prædam agat, si quis illam inve-
nerit

Aulam onustam auri. Verum id te quæso ut prohibessis[2],
Fides.

Nunc lavabo, ut rem divinam faciam; ne adfinem morer,   5

Quin, ubi arcessat, meam extemplo filiam ducat domum.

Vide, Fides, etiam atque etiam nunc, salvam ut aulam abs
te auferam!

Tuæ fide[3] concredidi aurum; in tuo luco et fano est situm.

S. Di immortales, quod ego hunc hominem facinus audio
eloqui :

Se aulam onustam auri abstrusisse hic intus in fano
Fides[4].   10

Cave tu illi fidelis, quæso, potius fueris, quam mihi!

Atque hic pater est, ut ego opinor, hujus, herus meus quam
amat.

Ibo hinc intro : perscrutabor fanum, si inveniam uspiam

SCÈNE II.

EUCLION, STROBILE.

E., sortant du temple et sans voir Strobile. O Bonne Foi! garde-
toi bien de révéler que mon or est ici. Je ne crains pas qu'on le
trouve, la cachette est trop bien choisie. Sur mon âme, celui qui
tomberait dessus ferait là un beau butin : une marmite pleine
d'or. Ne permets pas, ô Bonne Foi! que pareille chose arrive. Et
maintenant, allons nous baigner pour offrir le sacrifice et ne pas
retarder mon gendre; qu'il puisse emmener ma fille chez lui, dès
qu'il l'enverra chercher. Veille, ô Bonne Foi! veille, et fais que je
retrouve chez toi la marmite saine et sauve. Je t'ai confié mon or;
je viens de le déposer dans ton bois sacré, dans ton temple. (*Il
sort.*)

S. Dieux immortels! que viens-je d'entendre? Il a caché
là, dans ce temple, une marmite pleine d'or. O Bonne Foi!
garde-toi bien de lui être plus fidèle qu'à moi! C'est là, si
je ne me trompe, le père de celle que mon maître aime. Entrons, et fouillons dans le temple; essayons de trouver cet or

ACTE IV. SCÈNE II.

EUCLION, STROBILE.

E. Tu modo, Fides,
cave indicassis quoiquam
meum aurum esse istic :
non metuo
ne quisquam inveniat :
ita est probe situm
in latebris.
Edepol ne illic agat
pulcram prædam,
si quis inveniat
illam aulam onustam auri.
Verum te quæso, Fides,
prohibessis id.
Nunc lavabo,
ut faciam
rem divinam ;
ne morer adfinem,
quin ducat extemplo
meam filiam domum,
ubi arcessat.
Vide, Fides, nunc
etiam atque etiam,
ut auferam abs te
aulam salvam.
Concredidi aurum
tuæ fide ;
est situm
in tuo luco et fano.
S. Di immortales,
quod facinus ego audio
hunc hominem eloqui :
se abstrusisse hic intus
in fano Fides
aulam onustam auri.
Cave, quæso,
fueris fidelis illi
potius quam mihi!
Atque hic est, ut opinor,
pater hujus
quam meus herus amat.
Ibo hinc intro :
perscrutabor fanum,
si inveniam aurum
uspiam,

E. Toi seulement, *Bonne* Foi,
prends-garde *que* tu n'aies indiqué à
mon or être là :   [qui-que-ce soit
je ne crains pas
que quelqu'un *le* trouve :
tant il est bien placé
dans une cachette.
Par le dieu-Pollux! certes celui-là ferait
un beau butin,
si quelqu'un trouvait
cette marmite chargée d'or.
Mais je te demande, *Bonne* Foi,
que tu aies empêché cela.
Maintenant je me baignerai,
afin que je fasse
la chose divine (le sacrifice);
afin que je ne retarde pas *mon* allié,
de *telle sorte* qu'il n'emmène pas aus-
ma fille dans-*sa*-maison, |sitôt
dès qu'il *la* mandera.
Vois (veille), *Bonne* Foi, maintenant
encore et encore,
afin que j'emporte de-chez toi
ma marmite sauve.
J'ai confié *mon or*
à ta foi;
il est placé
dans ton bois-sacré et *ton* temple.
S. Dieux immortels!
quel acte moi j'entends
cet homme raconter :
lui-même avoir caché ici à-l'-intérieur
dans le temple de la *Bonne* Foi
une marmite chargée d'or.
Garde-toi, je *t'en* prie,
que tu *n'*aies été fidèle à lui
plutôt qu'à moi!
Et celui-ci est, comme je pense,
le père de celle
que mon maître aime.
J'irai d'ici à-l'-intérieur :
je fouillerai-entièrement le temple,
pour voir si je trouverai l'or
quelque-part,

Aurum, dum hic est occupatus. Sed, si repperero, o Fides,
Mulsi congialem [1] plenam faciam tibi fideliam [2];   15
Id adeo tibi faciam : verum ego mihi bibam, id ubi fecero.
E. Non temere est quod corvos cantat mihi nunc ab læva
    manu [3];
Simul radebat pedibus terram et voce crocibat sua.
Continuo meum cor cœpit artem facere ludicram
Atque in pectus emicare. Sed ego cesso currere.   20
Foras [4], foras, lumbrice, qui sub terra erepsisti modo,
Qui modo nusquam comparebas : nunc quom compares, peris.
Ego edepol te, præstigiator, miseris jam accipiam modis.
S. Quæ te mala crux agitat? quid tibi mecum est com-
    merci, senex?
Quid me adflictas? quid me raptas? qua me causa verberas? 25
E. Verberabilissume, etiam rogitas, non fur, sed trifur?
S. Quid tibi subripui? *E.* Redde huc, sis! *S.* Quid tibi vis
    reddam? *E.* Rogas?
S. Nil equidem tibi abstuli. *E.* At illud, quod tibi abstu-
    leras, cedo!
Age, si quid agis. *S.* Quid agam? *E.* Auferre non potes.
    S. Quid vis tibi?

tandis que le bonhomme est occupé. Si je mets la main dessus, ô
Bonne Foi! je t'offrirai une pleine fiole d'un vin miellé, et qui ne
tiendra pas moins d'un conge. Voilà ce que je ferai pour toi, et,
quant à moi, je boirai une fière rasade. (*Il entre dans le temple.*)
    E. Ce n'est pas pour rien que le corbeau vient de chanter à ma
gauche ; il croassait en grattant la terre de ses pattes. Aussitôt mon
cœur s'est mis à danser, mais d'une force !... Courons bien vite.
(*A Strobile, qui sort du temple.*) Hors d'ici, méchant ver de terre
qui viens de sortir de ton trou. On ne te voyait pas tout à l'heure,
et il t'en cuira de te montrer. Attends, maître filou, je vais t'ar-
ranger à ma mode.
    S. Quelle furie vous agite? qu'ai-je à démêler avec vous, vieil-
lard? Pourquoi me bousculer? pourquoi me tirer? pourquoi me
frapper?
    E. Tu le demandes, vrai gibier de potence, voleur et trois fois
voleur?
    S. Que vous ai-je pris?
    E. Rends-le, et vite.
    S. Que je rende quoi?
    E. Faut-il te le dire?
    S. Je ne vous ai rien pris.
    E. Allons, voyons ce que tu as dérobé. Eh bien?
    S. Eh bien, quoi?
    E. Tu ne l'emporteras pas.
    S. Que vous faut-il donc?

dum hic est occupatus.	tandis que celui-ci est occupé.
Sed, si repperero, o Fides,	Mais, si je *l*'aurai trouvé, ô *Bonne* Foi !
faciam tibi	je ferai (j'offrirai) pour toi
fideliam congialem	une jarre d'un-conge
plenam mulsi;	pleine de vin-mêlé-de-miel;
faciam id tibi adeo :	je ferai (j'offrirai) cela pour toi certes :
verum ego bibam mihi,	mais moi je *le* boirai pour moi,
ubi fecero id.	dès que j'aurai fait (offert) cela.
E. Non est temere	*E.* *Ce* n'est pas sans-cause
quod corvos cantat nunc	que le corbeau chante maintenant
ab manu læva;	du-côté-de la main gauche *à moi;*
radebat simul pedibus	il grattait en-même-temps de *ses* pattes
terram,	la terre,
et crocibat sua voce.	et il croassait de sa voix.
Continuo meum cor cœpit	Aussitôt mon cœur a commencé
facere artem ludicram	à faire le métier de-baladin (à danser)
atque emicare in pectus.	et à s'élancer dans *ma* poitrine.
Sed ego cesso currere.	Mais moi, je tarde à courir.
Foras, foras, lumbrice,	Dehors, dehors, ver-de-terre,
qui modo erepsisti	qui tout-à-l'heure es sorti-en-rampant
sub terra,	sous terre,
qui modo	*toi* qui tout-à-l'heure
comparebas nusquam :	ne paraissais nulle-part :
nunc quom compares,	maintenant que tu parais,
peris.	tu es perdu.
Ego edepol	Moi, par le dieu-Pollux,
accipiam te jam,	je recevrai toi maintenant,
præstigiator,	escamoteur,
modis miseris.	de façons misérables.
S. Quæ crux mala	*S.* Quel tourment mauvais
agitat te ?	agite toi ?
Quid commerci est	Quoi de relation est
tibi mecum, senex?	à toi avec-moi, vieillard?
quid adflictas me?	pourquoi pousses-tu moi?
quid raptas me?	pourquoi entraînes-tu moi?
qua causa verberas me?	pour quel motif frappes-tu moi?
E. Rogitas etiam,	*E.* Tu *le* demandes encore,
verberabilissume,	*homme* très-digne-d'-être battu,
non fur, sed trifur?	non pas voleur, mais triple-voleur?
S. Quid subripui tibi?	*S.* Qu'ai-je dérobé à toi?
E. Redde huc, sis.	*E.* Rends cela, si-tu-veux (s'il te plaît).
S. Quid vis reddam tibi?	*S.* Que veux-tu *que* je rende à toi?
E. Rogas?	*E.* Tu *le* demandes?
S. Equidem abstuli nil tibi.	*S.* Certes je n'ai enlevé rien à toi.
E. At cedo illud	*E.* Mais donne (rends) cela
quod abstuleras tibi!	que tu avais enlevé pour toi !
Age, si agis quid.	Fais, si tu fais quelque chose (hâte-toi).
S. Quid agam?	*S.* Quoi ferai-je?
E. Non potes auferre.	*E.* Tu ne peux *l*'emporter.
S. Quid vis tibi?	*S.* Que veux-tu pour toi?

LA MARMITE.   6

E. Pone hoc, sis : aufer cavillam : non ego nunc nugas ago. 30
S. Quid ego ponam? Quin tu eloquere, quidquid est, suo
 nomine?
Non hercle equidem quidquam sumpsi nec tetigi. *E.* Os-
tende huc manus.
S. Em tibi. *E.* Ostende. *S.* Eccas. *E.* Video. Age, ostende
 etiam tertiam.
S. Larüæ [1] hunc atque intemperiæ insaniæque agitant senem.
Facisne injuriam mihi an non? *E.* Quia non pendes, ma-
xumam.   35
Atque id quoque jam fiet, nisi fatere. *S.* Quid fatear tibi?
E. Quid abstulisti hinc? *S.* Di me perdant, si ego tui quid-
 quam abstuli.
E. Nive adeo abstulisse vellem [2]. Agedum, excutedum [3] pal-
lium.
S. Tuo arbitratu. *E.* Ne inter tunicas habeas. *S.* Tenta qua
 lubet.
E. Vah, scelestus, quam benigne, ut ne abstulisse intelle-
gam !   40
Novi sycophantias. Age, rursum ostende huc dexteram.
S. Em tibi. *E.* Nunc lævam ostende. *S.* Quin equidem
 ambas profero.
E. Jam scrutari mitto. Redde huc ! *S.* Quid reddam? *E.* Ah,

---

E. Mets-le là, et trève de plaisanterie ; je ne suis pas d'humeur
à badiner.
 S. Mais, enfin, que voulez-vous que je mette là? Ne pouvez-vous
nommer les choses par leur nom? Sur ma foi, je ne vous ai rien
pris, je n'ai touché à rien. *E.* Montre-moi tes mains.
 S. Les voilà. *E.* Montre donc.
 S. Tenez! *E.* Je vois. L'autre maintenant.
 S. Les fantômes et la bile ont troublé la cervelle du bonhomme.
Est-ce là me faire injure, oui ou non ?
 E. Certes, et une très-grande, car tu devrais déjà être pendu.
Mais cela ne tardera pas, si tu n'avoues.
 S. Que voulez-vous que j'avoue ?
 E. Qu'as-tu emporté d'ici? *S.* Que les dieux m'exterminent, si
j'ai touché à rien qui vous appartienne.
 E. Et si je n'ai pas voulu prendre, n'est-ce pas? Allons, secoue
ton manteau. *S.* Comme vous voudrez.
 E. N'y a-t-il rien sous cette tunique ? *S.* Tâtez plutôt.
 E. Voyez, le pendard, quelle douceur ! c'est pour que je ne le
soupçonne pas de rien emporter. Mais je connais ces sortes de tours ;
çà, montre-moi ta main droite. *S.* La voici.
 E. La gauche, à présent. *S.* Tenez, les voilà toutes les deux.
 E. Bon, je ne veux pas te fouiller; rends-le-moi. *S.* Mais quoi ?

E. Pone hoc, sis:
aufer cavillam :
nunc ego non ago nugas.
S. Quid ego ponam?
Quin eloquere tu,
quidquid est,
suo nomine?
Hercle equidem non sumpsi
nec tetigi quidquam.
E. Ostende huc manus.
S. Em tibi.
E. Ostende.
S. Eccas.
E. Video. Age,
ostende etiam tertiam.
S. Larüæ atque intemperiæ
insaniæque
agitant senem.
Facisne injuriam mihi
an non?
E. Maxumam,
quia non pendes.
Atque id quoque fiet jam,
nisi fatere.
S. Quid fatear tibi?
E. Quid abtulisti hinc.
S. Di perdant me,
si ego abstuli
quidquam tui.
E. Nive vellem adeo
asbtulisse.
Agedum, excutedum
pallium.
S. Tuo arbitratu.
E. Ne habeas
inter tunicas.
S. Tenta qua lubet.
E. Vah, scelestus,
quam benigne,
ut ne intelligam abstulisse!
Novi sycophantias.
Age, ostende rursum huc
dexteram.
S. Em tibi.
E. Nunc ostende lævam.
S. Quin equidem
profero ambas.
E. Mitto jam scrutari.
Redde huc!
S. Quid reddam?

E. Dépose-le, si tu-veux (s'il te plaît) :
mets-de-côté la raillerie: [santeries].
maintenant, moi, je ne fais pas de plai-
S. Quelle chose moi déposerai-je?
Que-ne dis-tu
la chose, quelle qu'elle soit,
par son nom?
Par Hercule, certes je n'ai pris
ni je n'ai touché quoi-que-ce-soit.
E. Montre ici tes mains.
S. Voilà pour toi.
E. Montre.
S. Les-voici.
E. Je vois. Allons,
montre encore la troisième.
S. Des fantômes et des agitations
et des folies
poursuivent le vieillard.
Fais-tu injure à moi
ou non?
E. Une très-grande,
parce que tu n'es pas pendu.
Et cela aussi arrivera bientôt,
si tu n'avoues.
S. Qu'avouerais-je à toi?
E. Qu'as-tu emporté d'ici?
S. Que les dieux perdent moi,
si moi j'ai emporté
quelque chose du tien (de ton bien).
E. Ou-si je ne-voulais-pas certes
avoir emporté quelque chose.
Allons-donc, secoue-donc
ton manteau.
S. A ta guise.
E. De-peur-que tu ne l'aies
au-milieu-de tes tuniques.
S. Tâte par-où il te plaît.
E. Ah! le scélérat,
comme il parle avec-douceur, [porté!]
afin que je n'aperçoive pas lui avoir em-
Je connais les ruses.
Allons, montre de-nouveau ici
ta main droite.
S. Voilà pour toi.
E. Maintenant montre la gauche.
S. Bien-plus certes
je présente toutes-les-deux.
E. Je renonce maintenant à te fouiller.
Rends-le!
S. Que rendrai-je?

nugas agis.

Certe habes. *S.* Habeo ego? quid habeo? *E.* Non dico? audire expetis?

Id meum, quidquid habes, redde. *S.* Insanis : perscrutatus
es   45

Tuo arbitratu, neque tui me quidquam invenisti penes.

E. Mane, mane : quis ille est, qui hic intus alter erat
tecum simul?

Perii hercle : ille nunc intus turbat; hunc si amitto, hic
abierit.

Postremo hunc jam perscrutavi[1]; hic nihil habet. Abi
quo lubet.

Juppiter te dique perdant! *S.* Haud male gratias agit.   50

E. Ibo intro, atque illi socienno[2] tuo jam interstringam
gulam.

Fugin hinc ab oculis? abin, an non? *S.* Abeo. *E.* Cave,
sis, revideam.

ACTUS IV. SCENA III.
STROBILUS.

Emortuom ego me mavelim leto malo
Quam non ego illi dem hodie insidias seni[3].
Nam hic jam non audebit aurum abstrudere :
Credo, efferet jam secum et mutabit locum.

E. Tu as beau faire, tu l'as certainement.

S. Je l'ai? Qu'est-ce que j'ai ?

E. Ne te l'ai-je pas dit ? As-tu besoin de le savoir ? Rends-moi
ce que tu as à moi.

S. Vous êtes fou; vous m'avez fouillé tout à votre aise, et vous
n'avez rien trouvé sur moi qui soit à vous.

E. Attends un peu. Quel est cet autre qui se trouvait tout à
l'heure là-dedans avec toi? Ah ! je suis perdu! il met tout sens dessus dessous. (*A part.*) Si je lâche celui-ci, l'autre jouera des jam-
bes. Mais, après tout, je l'ai fouillé, il n'a rien. (*Haut.*) Va-t'en où
tu voudras, et que la peste t'étouffe !

S. Voilà un beau merci!

E. Je rentre dans ce temple, et gare à ton compagnon ! je l'é-
trangle sur place. Hors de mes yeux ! t'en vas-tu, oui ou non ?

S. Je m'en vais.

E. Et que je ne te voie plus. (*Il entre dans le temple.*)

SCÈNE III.
STROBILE.

Que je meure de male mort, si je ne joue aujourd'hui même
quelque bon tour à cet odieux cancre! Il n'osera plus cacher
son or ici. Il va l'emporter, je pense, et changer de cachette.

E. Ah! agis nugas.
Habes certe.
S. Ego habeo? Quid habeo?
E. Non dico?
expetis audire?
Redde id meum,
quidquid habes.
S. Insanis: es perscrutatus
tuo arbitratu,
neque invenisti quidquam
tui
penes me.
E. Mane, mane:
quis est ille,
qui alter erat intus hic
simul tecum?
Hercle perii;
ille turbat nunc intus;
si amitto hunc,
hic abierit.
Postremo
perscrutavi jam hunc;
hic habet nihil.
Abi quo lubet.
Juppiter dique
perdant te!
S. Haud agit male gratias.
E. Ibo intro,
atque interstringam jam
gulam
illi socienno tuo.
Fugin hinc ab oculis?
abin, an non?
S. Abeo.
E. Cave, sis, revideam.

E. Ah! tu fais des plaisanteries.
Tu *l'*as certainement.
S. Moi j'ai? Qu'ai-je?
E. Ne *le* dis-je pas?
désires-tu *le*-savoir?
Rends cela qui-m'-appartient,
quoi-que-ce-soit-que tu aies.   [ment]
S. Tu es-fou: tu *m'*as fouillé-entière-
à ta guise;
et tu n'as trouvé quoi-que-ce soit
de ton *bien*
au-pouvoir-de moi.
E. Reste, reste:
quel est celui,
lequel autre était à-l'-intérieur ici
en-même-temps avec-toi?
Par-Hercule, je suis perdu; [térieur;]
celui-là bouleverse maintenant à-l'in-
si je laisse-aller celui-ci,
celui-là sera-parti.
Enfin
j'ai fouillé-entièrement maintenant ce-
celui-ci n'a rien.   [lui-ci;]
Va-t'en où il *te* plaît.
Que Jupiter et les dieux
perdent toi!
S. Il ne fait pas mal des remercîments.
E. J'irai à-l-'intérieur,
et je serrerai maintenant
la gorge
à ce camarade tien.
Fuis-tu d'-ici-loin-de *mes* yeux?
t'en-vas-tu, ou non?
S. Je m'en-vais.   [*te revoie.*]
E. Prends-garde, si-tu-veux, que *je ne*

ACTE IV. SCÈNE III.

STROBILE.

Ego mavelim
me emortuom malo leto
quam ego non dem hodie
insidias
illi seni.
Nam non audebit jam
abstrudere aurum:
credo, efferet jam secum
et mutabit locum.

Moi j'aimerais-mieux
moi mort de male mort   [jourd'hui]
plutôt que moi je ne donne (tende) au-
des piéges
à ce vieillard.
Car il n'osera pas maintenant
cacher *son* or: [lui]
je *le* crois, il *l'*emportera bientôt avec-
et changera de place.

Attat, foris crepuit! senex eccum aurum effert foras!　　5
Tantisper hic ego ad januam concessero.

ACTUS IV. SCENA IV.

EUCLIO, STROBILUS.

E. Fide censebam maxumam multo fidem
Esse : ea sublevit[1] os mihi pænissume.
Ni subvenisset corvos, periisem miser.
Nimis hercle ego illum corvom, ad me veniat, velim,
Qui indicium fecit ; ut ego illic[2] aliquid boni　　5
Dicam : nam quod edit[3] tam duim quam perduim[4].
Nunc hoc ubi abstrudam cogito solum locum.
Silvani[5] lucus extra murum est avius,
Crebro saliceto oppletus : ibi sumam locum.
Certum est : Silvano potius credam quam Fide.　　10
S. Euge, euge, di me salvom et servatum volunt!
Jam ego illuc præcurram atque inscendam aliquam in
　　arborem :
Inde observabo aurum ubi abstrudat senex.
Quamquam hic manere me herus sese jusserat,
Certum est, malam rem potius quæram cum lucro.　　15

Eh ! la porte crie ; le vieux déménage son magot…. Éloignons-nous
un peu de l'entrée.

SCÈNE IV.

EUCLION, STROBILE

E., *sortant du temple et sans voir Strobile.* Je m'étais imaginé
qu'on pouvait se fier sans crainte à la Bonne Foi, mais peu s'en
est fallu qu'elle n'ait fait de moi sa dupe. Sans le corbeau, j'étais
perdu. Je voudrais bien le voir venir vers moi, ce corbeau qui m'a
averti ; je lui dirais au moins quelques bonnes paroles : car pour lui
offrir à manger, serviteur! donner, c'est perdre. Maintenant il s'agit
de trouver, pour cacher ceci, un endroit bien désert. Nous avons là
hors des murs le bois de Silvain; personne n'y passe, il est tout
envahi par les saules : j'y choisirai une bonne cachette. Mieux vaut
se confier à Silvain qu'à la Bonne Foi. (*Il sort.*)

S. Bravo! bravo! je suis l'enfant gâté des dieux. Je devance le
bonhomme, je grimpe sur un arbre, et de là je vois où il cache son
or. Mon maître m'avait dit de l'attendre ici, mais, ma foi! je risque
les coups pour une si belle aubaine. (*Il sort.*)

Attat, foris crepuit !	Ah ! la porte a crié !
eccum senex	voici-que le vieillard
effert aurum foras!	emporte *son* or dehors !
Ego concessero hic	Moi, je me serai retiré ici
tantisper	pendant-ce peu-de-temps
ad januam.	vers la porte.

ACTE IV. SCÈNE IV.

EUCLION, STROBILE.

E. Censebam fidem esse	*E.* Je pensais la foi être [Foi :]
multo maximam Fide :	de beaucoup la plus grande à la *Bonne*
ea sublevit os mihi	celle-ci a barbouillé le visage à moi
pænissume.	à-bien-peu-près.
Miser periissem,	Malheureux j'aurais été perdu,
ni corvos subvenisset.	si le corbeau n'était survenu.
Ego hercle velim nimis	Moi, par Hercule ! je voudrais bien
illom corvom,	ce corbeau,
qui fecit indicium,	qui a fait la dénonciation,
veniat ad me,	*qu'*il vienne vers moi,
ut ego dicam illic	afin que moi je dise à lui [parole;]
aliquid boni;	quelque chose de bon (quelque-bonne-
nam duim	car je *lui* donnerais *quelque chose*
quod edit	qu'il puisse-manger [drais.]
tam quam perduim.	autant (aussi volontiers) que je *le* per-
Nunc cogito locum solum	Maintenant je cherche un lieu isolé
ubi abstrudam hoc.	où je puisse-cacher ceci.
Lucus Silvani	Le bois-sacré de Silvain
est extra murum,	est hors du mur,
avius,	écarté,
oppletus salicto crebro :	rempli d'une saussaie serrée :
sumam locum ibi.	je prendrai une place là.
Est certum :	C'est décidé :
credam Silvano	je me confierai à Silvain
potius quam Fide.	plutôt qu'à la *Bonne* Foi.
S. Euge, euge,	*S.* Très-bien, très-bien,
di volunt me	les dieux veulent moi
salvom et servatum!	sauf et sauvé !
Ego præcurram jam illuc,	Moi je courrai-avant *lui* maintenant là,
atque inscendam	et je monterai
in aliquam arborem :	sur quelque arbre :
observabo inde	j'observerai de là
ubi senex abstrudat aurum.	où le vieillard cache *son* or.
Quamquam herus jusserat	Cependant mon maître avait ordonné
me manere sese illic;	moi attendre lui ici :
est certum,	c'est décidé,
quæram potius malam rem	je chercherai plutôt une mauvaise affaire
cum lucro.	avec profit.

ACTUS IV. SCENA V.

LYCONIDES, EUNOMIA.

L. Dixi tibi, mater : juxta rem mecum¹ tenes
Super Euclionis filia : nunc te obsecro
Resecroque, mater, quod dudum obsecraveram :
Fac mentionem cum avonculo, mater mea !
E. Scis tute, facta velle me, quæ tu velis :   5
Et istuc confido a fratre me impetrassere²,
Et causa justa est : siquidem ita est ut prædicas.
L. Egone ut te advorsum mentiar, mater mea ?
E. I hac intro mecum, gnate mi, ad fratrem meum,
Ut istuc quod me oras impetratum ab eo auferam.   10
L. I ; jam sequor te, mater. Sed servom meum
Strobilum miror ubi sit, quem ego me jusseram
Hic opperiri. Nunc ego mecum cogito :
Si mihi dat operam, me illi irasci injurium est.
Ibo intro, ubi de capite meo sunt comitia.   15

SCÈNE V.

LYCONIDE, EUNOMIE.

L. Je vous l'ai dit, ma mère : vous savez aussi bien que moi ce qui concerne la fille d'Euclion, et maintenant, je vous en supplie, ma bonne mère, parlez-en à mon oncle : je vous renouvelle les prières que je vous ai adressées tout à l'heure.

E. Tu sais, mon enfant, comme je prends à cœur tout ce que tu désires. J'espère bien faire entendre raison à mon frère. Ta demande est juste, si les choses sont comme tu le dis.

L. Moi, vous mentir, ma mère, le pourriez-vous croire ?

E. Viens, mon cher enfant, suis-moi chez mon frère ; je tâcherai d'obtenir ce que tu veux. (*Elle sort.*)

L. Allez, ma mère, je vous suis.... Je ne comprends pas où peut être ce coquin de Strobile ; je lui avais pourtant ordonné de m'attendre ici. Mais, j'y pense, s'il s'occupe en ce moment de me servir, j'aurais tort de me fâcher. Allons voir ce qui se passe dans ce conseil où mon sort se décide. (*Il sort.*)

ACTE IV. SCÈNE V.

LYCONIDE, EUNOMIE.

L. Dixi tibi, mater:	*L.* J'ai dit à toi, mère ;
tenes rem	tu tiens (tu sais) la chose
juxta mecum	également avec-moi (aussi bien que moi)
super filia Euclionis :	touchant la fille d'Euclion :
nunc obsecro te,	maintenant je conjure toi,
resecroque, mater,	et *te* conjure-de-nouveau, *ma* mère,
quod obsecraveram dudum:	*ce* dont je *t*'avais conjurée auparavant:
fac mentionem	fais-*en* mention
cum avonculo, mea mater!	à mon oncle, ma mère!
E. Tute scis	*E.* Tu sais
me velle facta	moi vouloir *être* faites
quæ tu velis :	les choses que tu voudrais :
et confido	et j'ai-confiance
me impetrassere istuc	moi devoir obtenir cela
a fratre,	de *mon* frère,
et causa est justa :	et la cause est juste :
siquidem est ita	si-certes il *en* est ainsi
ut prædicas.	comme tu *le* dis-hautement.
L. Utne ego mentiar	*L.* Que moi je mente
advorsum te, mea mater?	envers toi, ma mère?
E. I hac	*E.* Viens par ici
intro mecum,	dans-l'-intérieur avec-moi,
mi gnate,	mon fils,
ad meum fratrem,	auprès-de mon frère,
ut auferam ab eo	afin que j'emporte de lui
impetratum	obtenu
istuc quod oras me.	ce que tu demandes à moi.
L. I; sequor te jam, mater.	*L.* Va ; je suis toi à l'instant, *ma* mère.
Sed miror Strobilum,	Mais je m'étonne Strobile,
meum servom,	mon esclave,
ubi sit,	où il est,
quem ego jusseram	lequel moi j'avais ordonné
opperiri me hic.	attendre moi ici.
Nunc ego cogito mecum :	Maintenant je pense en moi-même :
si dat mihi operam,	s'il donne à moi *son* aide,
est injurium	il est injuste
me irasci illi.	moi me fâcher-contre lui.
Ibo intro,	J'irai à-l'intérieur,
ubi comitia sunt	où les comices ont-lieu
de meo capite.	touchant ma tête.

ACTUS IV. SCENA VI.
STROBILUS.

Pici[1] divitiis qui aureos montis colunt
Ego solus supero. Nam istos reges ceteros
Memorare nolo, hominum mendicabula.
Ego sum ille rex Philippus[2]! O lepidum diem!
Nam ut dudum hinc abii, multo illo[3] adveni prior,   5
Multoque prius me conlocavi in arborem;
Indeque expectabam[4] ubi aurum abstrudebat senex.
Ubi ille abiit, ego me deorsum duco de arbore;
Effodio aulam auri plenam. Inde exeo. Ilico
Video recipere se senem; ille me non videt: 10
Nam ego declinavi paulum me extra viam.
Attat, eccum ipsum! Ibo, ut hoc condam, domum.

ACTUS IV. SCENA VII.
EUCLIO.

Perii! interii! occidi! Quo curram? quo non curram? Tene,
tene! — Quem quis[5]? —

SCÈNE VI.
STROBILE.

Me voilà plus riche, à moi tout seul, que les griffons qui habi-
tent les montagnes d'or. Quant à ces pauvres roitelets, ces men-
diants de l'espèce humaine, je ne les compte pas. Je suis le roi
Philippe. O le beau jour! J'étais parti d'ici bien à temps pour ar-
river le premier et me percher sur un arbre; de là je remarque la
place où le bonhomme cache son or. Il part; je me coule en bas
de mon arbre; je déterre la marmite pleine d'or, je m'en vais et je
vois le vieillard entrer chez lui; mais lui, il ne me voit pas, car
j'ai eu la précaution de me tenir en dehors de la route. Eh! le
voilà! je cours au logis pour y mettre en sûreté ma trouvaille. (*Il
sort.*)

SCÈNE VII.
EUCLION.

Je suis perdu! je suis mort! je suis assassiné! Où courir? où ne
pas courir? Arrête, arrête! Qui? je ne sais, je ne vois rien, je vais

ACTE IV. SCÈNE VI.

STROBILE.

Ego solus supero	Moi seul (à moi seul) je surpasse
divitiis	en richesses *les piverts*
qui pici colunt	lesquels piverts habitent
montis aureos.	des montagnes d'-or.
Nam nolo memorare	Car je-ne-veux-pas rappeler
istos ceteros reges,	ces autres rois,
mendicabula hominum.	mendiants d'entre les hommes.
Ego sum	Moi je suis
ille rex Philippus.	ce *fameux* roi Philippe.
O lepidum diem!	O l'agréable journée! [longtemps,]
Nam ut abii hinc dudum,	Car, comme je suis parti d'ici depuis-
adveni illo multo prior,	je suis arrivé là de beaucoup le premier,
conlocavique me	et j'ai placé moi
multo ante	bien avant
in arborem;	sur un arbre;
expectabamque inde	et je regardais de là
ubi senex	où le vieillard
abstrudebat aurum.	cachait *son* or.
Ubi ille abiit,	Dès que celui-ci est parti,
ego duco me deorsum	moi je dirige moi de-haut-en-bas
de arbore;	de l'arbre;
effodio aulam	je déterre une marmite
plenam auri.	pleine d'or.
Exeo inde.	Je pars de là.
Video ilico senem	Je vois aussitôt le vieillard
se recipere;	se retirer *chez lui;*
ille non videt me:	lui ne voit pas moi:
nam ego declinavi me	car j'ai détourné moi
paulum extra viam.	un peu en-dehors-de la route.
Attat, eccum ipsum!	Ah! le-voici lui-même!
Ibo domum,	J'irai à la maison,
ut condam hoc.	afin que je cache ceci.

ACTE IV. SCÈNE VII.

EUCLION.

Perii! interii! occidi!	Je suis perdu! je suis mort! je suis tué!
Quo curram?	Où courrai-je?
quo non curram?	où ne courrai-je pas?
Tene, tene!	Arrête, arrête!
Quem quis?	Qui *arrêter* qui *arrêtera?*
Nescio: video nil,	Je ne sais: je ne vois rien:
eo cæcus,	je vais *en* aveugle,

Nescio : nil video : cæcus eo, atque equidem, quo eam aut
   ubi sim, aut qui sim,
Nequeo cum animo certum[1] investigare. Obsecro vos ego,
   mi auxilio,
Oro, obtestor, sitis, et hominem demonstretis qui eam
   abstulerit.
Quid est? quid ridetis? Novi omnis : scio fures esse hic
   compluris,   5
Qui vestitu et creta[2] occultant sese atque sedent, quasi sint
   frugi.
Quid ais tu? Tibi credere certum est : nam esse bonum e
   voltu cognosco.
Em, nemo habet horum? — Occidisti! Dic igitur, si quis
   habet! Nescis?
Heu me miserum! misere perii! male perditus, pessume
   ornatus eo :
Tantum gemiti[3] et malæ mæstitiæ hic dies mihi obtulit, 10
Famem et pauperiem. Perditissumus ego sum omnium
   senum
In terra. Nam quid mihi opu'st vita, qui tantum auri per-
   didi,
Quod custodivi sedulo? Egomet me defraudavi
Animumque meum geniumque[4] meum. Nunc alii lætifi-
   cantur
Meo malo et damno. Pati nequeo.   15

en aveugle : je ne puis reconnaître où je vais, où je suis, qui je
suis. Par pitié, je vous en prie, je vous en conjure, venez-moi en
aide, montrez-moi celui qui me l'a prise... Qu'est-ce? vous riez?
Ah! je vous connais tous, je sais qu'il y a ici bien des voleurs qui
sont assis là, cachés dans des robes blanchies, comme s'ils étaient
d'honnêtes gens.... Que dis-tu, toi? je veux t'en croire, tu m'as
tout l'air d'un brave homme.... Hein! personne ne l'a? Tu me fais
mourir.... Allons, parle, qui est-ce qui l'a?... Tu l'ignores! Ah!
malheureux, malheureux! on m'a coupé la gorge, on m'a perdu
sans ressource. Fatale journée qui m'apporte les larmes, le noir chagrin, la faim, la pauvreté! Est-il sur la terre un être aussi misérable
que moi? Qu'ai-je à faire au monde après avoir perdu tant d'or
que je gardais si soigneusement? Je me privais du nécessaire, je
me refusais le moindre plaisir; et d'autres maintenant se réjouis-
sent de ma ruine et de ma perte. Ah! je n'y résisterai pas.

atque equidem nequeo	et certes je ne-puis
investigare certum	découvrir d'une manière-certaine
cum animo,	avec *mon* esprit
quo eam, aut ubi sim,	où je vais, ou-bien où je suis,
aut qui sim.	ou qui je suis.
Ego obsecro vos,	Moi je conjure vous,
oro, obtestor,	je *vous* prie, je *vous* supplie,
sitis mi auxilio,	*que* vous soyez à moi à secours,
et demonstretis hominem	et *que* vous montriez l'homme
qui abstulerit eam.	qui aura enlevé elle.
Quid est? quid ridetis?	Qu'est-*ce*? pourquoi riez-vous?
Novi omnis:	Je *vous* connais tous:
scio compluris fures	je sais de nombreux voleurs
esse hic,	être ici,
qui sese occultant	qui se cachent
vestitu atque creta,	par *leur* vêtement et par la craie,
atque sedent,	et sont-assis,
quasi sint frugi.	comme-s'ils étaient *gens* de bien.
Quid ais tu?	Que dis-tu, toi?
est certum credere tibi:	c'est décidé de croire à toi:
nam cognosco e voltu	car je reconnais d'après *ton* visage
esse bonum.	*toi* être honnête.
Em, nemo horum habet?	Hein! personne de ceux-ci ne *l'*a?
Occidisti.	Tu *m'*as tué.
Dic igitur, si quis habet!	Dis-*le* donc, si quelqu'un *l'*a!
Nescis?	Tu ne-sais-pas?
Heu me miserum!	Hélas! moi malheureux!
perii misere!	j'ai péri misérablement!
perditus male	ruiné mal (misérablement)
eo pessume ornatus:	je m'*en* vais très-mal arrangé:
tantum hic dies	tant ce jour
obtulit mihi	a offert à moi
gemiti	de gémissement
et malæ mæstitiæ,	et de mauvaise (d'affreuse) tristesse,
famem et pauperiem.	la faim et la pauvreté.
Ego sum perditissumus	Moi je suis le plus ruiné
omnium senum	de tous les vieillards
in terra.	sur la terre.
Nam quid est opus vita	Car qu'est-il besoin de la vie
mihi qui perdidi	à moi qui ai perdu
tantum auri,	tant d'or,
quod custodivi sedulo?	lequel je gardai soigneusement?
Egomet defraudavi me	Moi j'ai privé moi
meumque animum	et mon esprit
meumque genium.	et mon génie.
Nunc alii lætificantur	Maintenant d'autres se réjouissent
meo malo et damno.	de mon malheur et de *ma* perte.
Nequeo pati.	Je ne-puis *le* souffrir.

ACTUS IV. SCENA VIII.

LYCONIDES, EUCLIO.

L. Quinam homo hic ante œdis nostras ejulans conqueritur mærens?

At hic quidem Eucliost, ut opinor. Oppido ego interii : palam est res.

Abeam an maneam, adeam an fugiam... quid ego agam, edepol nescio.

E. Quis homo hic loquitur? *L.* Ego sum miser. *E.* Immo ego sum et misere perditus,

Quoi tanta mala mæstitudoque obtigit. *L.* Animo bono es.   5
E. Quo, obsecro, pacto esse possum? *L.* Quia istuc facinus quod tuom

Sollicitat animum, id ego feci et fateor¹. *E.* Quid ego ex te audio?

L. Id quod verum est. *E.* Quid ego de te commerui, adulescens, mali²,

Quamobrem ita faceres meque meosque perditum ires liberos?

L. Deus impulsor mihi fuit : is me ad illam inlexit. *E.* Quo modo?   10

L. Fateor me peccavisse, et me culpam commeritum scio : Id adeo te oratum advenio, ut animo æquo ignoscas mihi.

E. Cur id ausu's facere, ut id quod non tuom esset tangeres?

SCÈNE VIII.

LYCONIDE, EUCLION.

L. Quel est donc cet homme qui gémit et se lamente ainsi à notre porte? Eh! c'est Euclion, si je ne me trompe. C'est fait de moi : tout est découvert. Que faire? Dois-je m'en aller ou rester? l'aborder ou le fuir? Je ne vois pas quel parti prendre?

E. Qui parle là? *L.* C'est moi, un malheureux.

E. Ah! c'est moi qui le suis; la misère, la ruine et tant de souffrances, et tant de tristesse!

L. Ayez bon courage. *E.* Eh! le puis-je?

L. C'est moi qui suis l'auteur de votre chagrin, je l'avoue.

E. Qu'entends-je? *L.* La vérité.

E. Quel mal vous ai-je fait, jeune homme, pour me traiter ainsi et me perdre moi et mes enfants?

L. C'est un dieu qui m'a séduit et m'a entraîné vers elle.

E. Que dites-vous?

L. J'ai tort, je l'avoue, et je sais que j'ai mérité d'être puni. Aussi viens-je vous supplier de daigner me pardonner.

E. Et d'où vous est venue cette audace de toucher à ce qui ne vous appartient pas?

ACTE IV. SCÈNE VIII.

LYCONIDE, ÉUCLION.

L. Quinam hic homo mærens conqueritur ejula ante nostras ædis? At hic est quidem Euclio, ut opinor. Ego interii oppido : res est palam. Abeam an mancam? adeam an fugiam ? Edepol nescio quid ego agam. *E.* Quis hic homo loquitur? *L.* Ego sum miser. *E.* Immo ego sum et perditus misere, quoi tanta mala mæstitudoque obtigit. *L.* Es bono animo. *E.* Quo pacto possum esse, obsecro? *L.* Quia ego feci et fateor istud facinus quod sollicitat tuom animum. *E.* Quid ego audio ex te? *L.* Id quod est verum. *E.* Quid mali ego commerui de te, adulescens, quamobrem faceres ita, iresque perditum me meosque liberos ? *L.* Deus fuit impulsor mihi: is inlexit me ad illam. *E.* Quo modo? *L.* Fateor me peccavisse, et scio me commeritum culpam: advenio adeo oratum te id, utignoscas mihi animo æquo. *E.* Cur es ausus facere id, ut tangeres id quod non esset tuom?

L. Qui cet homme affligé se plaint en se lamentant devant notre maison? Mais celui-ci est certes Euclion, comme je pense. Moi je suis perdu tout-à-fait : la chose est en-évidence. Dois-je-m'en-aller, ou dois-je-rester? Dois-je-*l*'-aborder ou dois-je-fuir? Par le-dieu-Pollux je-ne-sais quelle chose moi je dois-faire. *E.* Qui cet homme parle? *L.* Moi je suis un malheureux. *E.* Bien-plus moi je suis même perdu misérablement, auquel de si-grands maux et une *si-grande* affliction est échue. *L.* Sois de bon courage. *E.* De quelle manière puis-je *l*'être, je *te* prie? *L.* Parce que moi j'ai fait et j'avoue cet acte qui trouble ton cœur. *E.* Quelle chose moi apprends-je de toi? *L.* Ce qui est vrai. *E.* Quoi de mal moi ai-je mérité de toi, jeune-homme, pour que tu agisses ainsi, et que tu allasses perdre moi et mes enfants ? *L.* Un Dieu a été l'instigateur pour moi: lui a attiré moi vers elle. *E.* De quelle manière ? *L.* J'avoue moi avoir failli, et je sais moi avoir commis une faute : je viens pour-cela prier toi de ceci, [calme. que tu pardonnes à moi d'un esprit *E.* Pourquoi as-tu osé faire ceci, que tu touchasses cela qui n'était pas tien?

L. Quid vis fieri? factum est illud : fieri infectum non potest.

Deos credo voluisse. Nam, ni vellent, non fieret, scio.　15
E. At ego deos credo voluisse, ut apud me te in nervo[1]
enicem[2].

L. Ne istuc dixeris. *E.* Quid tibi ergo meam me invito
tactio'st[3]?

L. Quia vini vitio atque amoris feci. *E.* Homo audacis-
sume,

Cum istacin te oratione huc ad me adire ausum, impudens.
Nam, si istuc jus est, ut tu istuc excusare possies,　20
Luci claro[4] deripiamus aurum matronis palam :
Post id, si deprensi simus, excusemus ebrios
Nos fecisse, amoris causa. Nimis vile est vinum atque
amor,

Si ebrio atque amanti impune facere quod lubeat licet.

L. Quin tibi ultro supplicatum venio ob stultitiam meam.　25
E. Non mi homines placent qui quando male fecerunt purgitant[5].

Tu illam scibas[6] non tuam esse : non attactam oportuit.

L. Ergo quia sum tangere ausus, haud causificor quin[7] eam
Ego habeam potissumum. *E.* Tun habeas me invito meam?

L. Que voulez-vous ? le mal est fait. Ce qui est accompli ne peut
se changer. Les dieux sans doute l'ont voulu : car, sans leur volonté, cela ne serait point arrivé.

E. Et moi je crois que les dieux veulent que je vous fasse mourir chez moi à la chaîne.

L. Ah ! ne dites pas cela.

E. Qui vous a permis de toucher malgré moi à ce qui est mon
bien ?

L. Le vin et l'amour m'ont égaré.

E. Et tu oses, effronté, venir à moi avec ces belles paroles ?
Impudent coquin ! Mais, si une pareille excuse était admise, nous
serions donc en droit d'arracher en plein jour les bijoux à nos
dames : puis, si l'on nous arrêtait, nous dirions pour nos raisons
que nous étions ivres et amoureux. Sur mon âme, le vin et l'amour
sont pour rien, s'il est permis à l'ivrogne et à l'amoureux de faire
impunément ce qu'ils veulent.

L. Eh ! je viens de moi-même vous prier de me pardonner ma
faute.

E. Je n'aime pas ces gens qui font le mal et s'excusent ensuite.
Vous saviez qu'elle n'était pas à vous : il ne fallait pas y toucher.

L. Mais enfin, puisque j'ai eu cette audace, je ne demande pas
mieux que de la garder.

L. Quid vis fieri?	L. Que veux-tu être fait?
illud est factum :	cela est fait :
non potest fieri infectum.	cela ne peut devenir non-fait.
Credo deos voluisse.	Je crois les dieux *l'*avoir voulu.
Nam, non fieret, scio,	Car *cela* n'arriverait pas, je sais,
ni vellent.	s'ils ne *le* voulaient.
E. At ego credo	E. Mais moi je crois
deos voluisse	les dieux avoir voulu
ut enicem te apud me	que je fasse-périr toi chez moi
in nervo.	dans une entrave.
L. Ne dixeris istuc.	L. N'aie pas dit cela.
E. Quid ergo tactio	E. Pourquoi donc l'action-de-toucher
meam	une chose mienne
me invito	moi ne-le-voulant-pas
est tibi?	est-elle à toi ?
L. Quia feci	L. Parce que j'ai agi
vitio vini atque amoris.	par la faute du vin et de l'amour.
E. Homo audacissume,	E. Homme très-audacieux,
tene ausum	toi avoir osé
adire huc ad me	venir ici vers moi
cum istac oratione,	avec ce langage-là,
impudens!	impudent!
At, si istuc est jus,	Mais, si cela est le droit,
ut tu possies excusare istuc,	que tu puisses excuser cela,
deripiamus palam	arrachons ouvertement
claro luci	au grand jour
aurum matronis :	*leur* or aux matrones :
post id, si simus deprensi,	après cela, si nous sommes arrêtés,
excusemus	disons-pour-excuse
nos fecisse ebrios,	nous avoir agi *étant* ivres,
causa amoris.	pour cause d'amour.
Vinum atque amor	Le vin et l'amour
est nimis vile,	est (sont) trop à-bon-marché,
si licet	s'il est permis
ebrio atque amanti	à l'ivrogne et à l'amoureux [plaire.
facere impune quod lubeat.	de faire impunément *ce* qui peut *leur*
L. Quin venio ultro	L. Bien-plus, je viens volontairement
supplicatum tibi	supplier toi
ob meam stultitiam.	à-cause-de ma sottise. [justifier,
E. Homines qui purgitant,	E. Les hommes qui cherchent-à-se-
quando fecerunt male,	quand ils ont fait mal,
non placent mihi.	ne plaisent pas à moi.
Tu scibas illam	Toi tu savais elle
non esse tuam :	n'être pas tienne : [été touchée.
oportuit non attactam.	il fallut (il eût fallu) elle n'*avoir pas*
L. Ergo, quia sum ausus	L. Donc, puisque j'ai osé
tangere,	*la* toucher,
non causificor	je ne cherche-pas-de-prétextes
quin ego habeam eam	pour-que moi je n'aie pas elle
potissumum.	de préférence à *toutes les autres.*

L. Haud te invito postulo : sed meam esse oportere arbi-
   tror.   30
Quin tu jam invenies, inquam, illam meam esse oportere,
   Euclio.
E. Nisi refers... *L.* Quid tibi ego referam? *E.* Quod subri-
   puisti meum,
Iam quidem hercle te ad prætorem rapiam et tibi scribam
   dicam[1].
L. Subripui ego tuom? unde? aut quid id est? *E.* Ita te
   amabit[2] Juppiter,
Ut tu nescis. *L.* Nisi quidem tu mihi quid quæras dixe-
   ris.   35
E. Aulam auri, inquam, te reposco, quam tu confessu's mihi
Te abstulisse. *L.* Neque edepol ego dixi, neque feci. *E.* Negas?
L. Pernego immo : nam neque ego aurum, neque istæc aula
   quæ siet
Scio nec novi. *E.* Illam, ex Silvani luco quam abstuleras,
   cedo.
I, refer ! dimidiam tecum potius partem dividam.   40
Tametsi fur mihi es, molestus non ero furi : refer.
L. Sanus tu non es, qui furem me voces; ego te, Euclio,
De alia re rescivisse censui, quæ ad me attinet.

   E. La garder contre mon gré, quand elle est à moi !
   L. Pas contre votre gré, puisque je vous la demande : mais je
pense qu'il faut qu'elle soit à moi. Vous-même, Euclion, tout à
l'heure vous ne pourrez pas dire le contraire.
   E. Si vous ne me rendez....
   L. Si je ne vous rends ?...
   E. Ce trésor que vous m'avez dérobé, je vous traîne à l'instant
devant le préteur et vous intente un procès.
   L. Moi, je vous ai dérobé votre trésor? où? de quoi s'agit-il?
   E. Que les dieux vous protégent, aussi vrai que vous l'ignorez.
   L. Au moins faut-il me dire ce que vous réclamez.
   E. Ce que je réclame? eh! la marmite d'or que vous avouez
m'avoir ravie.
   L. Moi! je n'ai rien dit ni rien fait de semblable.
   E. Vous le niez?
   L. Oui, je le nie bel et bien ; je ne sais pas et n'ai jamais su ce
que c'est que cet or et cette marmite.
   E. Celle que vous avez enlevée du bois de Silvain. Allons, rap-
portez-la ; je partagerai plutôt avec vous. Quoique vous m'ayez
volé, je ne veux pas vous faire de peine : mais allez vite la chercher.
   L. Avez-vous perdu la tête, de me traiter de voleur? Je croyais, Euclion, que vous veniez d'apprendre une autre affaire qui me concerne.

E. Tune habeas meam
me invito?
L. Haud postulo
te invito :
sed arbitror oportere
esse meam.
Quin tu invenies jam,
inquam,
oportere illam esse meam,
Euclio.
E. Nisi refers....
L. Quid referam ego tibi?
E. Quod subripuisti
meum,
jam quidem hercle
rapiam te ad prætorem,
et scribam tibi dicam.
L. Ego subripui tuom?
unde? aut quid est?
E. Juppiter amabit te ita,
ut tu nescis.
L. Nisi tu quidem
dixeris mihi quid quæras.
E. Reposco te
aulam auri, inquam,
quam tu es confessus
te abstulisse mihi.
L. Neque edepol ego dixi,
neque feci.
E. Negas?
L. Immo pernego :
nam neque ego scio
aurum,
neque quæ siet ista aula,
nec novi.
E. Cedo illam
quam abstuleras
ex luco Silvani.
I, refer !
dividam potius tecum
partem dimidiam.
Tametsi es fur mihi,
non ero molestus furi :
refer.
L. Tu non es sanus,
qui voces me furem ;
ego, Euclio, censui
te rescivisse
de alia re
quæ attinet ad me.

E. Toi, tu aurais une chose mienne
moi ne-le-voulant-pas?
L. Je ne *la* demande pas
toi ne-le-voulant-pas :
mais je pense falloir
elle être mienne.
Bien-plus, toi tu trouveras bientôt,
dis-je,
falloir elle être mienne,
Euclion.
E. Si tu ne rapportes....
L. Que rapporterais-je à toi?
E. *Ce* que tu as soustrait
mien (m'appartenant),
bientôt certes par Hercule
je traînerai toi devant le préteur,
et je rédigerai contre toi une plainte.
L. Moi j'ai dérobé le tien (ce qui t'ap-
d'où? ou qu'est-ce?   [partient)?
E. Jupiter aimera toi ainsi,
comme tu ignores *cela*.
L. A-moins-que toi certes [cherches.
tu n'aies dit à moi quelle chose tu
E. Je réclame à toi
une marmite d'or, dis-je,
que tu as avoué
toi avoir enlevée à moi.
L. Ni par le dieu-Pollux moi je *l*'ai dit,
ni je *l*'ai fait.
E. Tu nies?
L. Bien-plus, je nie-absolument :
car ni moi je-ne-sais
l'or (quel est cet or),
ni quelle est cette marmite,
ni je ne *le* connais.
E. Donne celle
que tu avais enlevée
du bois-sacré de Silvain.
Va, rapporte!
je partagerai plutôt avec-toi
la partie qui-forme-la-moitié.
Quoique tu sois un voleur pour moi,
je ne serai pas désagréable pour le vo-
rapporte.   [leur :
L. Tu n'es pas sensé,
toi qui appelles moi voleur ;
moi, Euclion, j'ai pensé
toi avoir appris
touchant une autre chose
qui touche à moi.

Magna est res quam ego tecum otiose, si otium est,
  cupio loqui.
E. Dic bona fide : tu id aurum non subripuisti? *L*. Bona. 45
E. Neque scis quis id abstulerit? *L*. Istuc quoque bona.
  E. Atque, id si scies,
Qui abstulerit mihi indicabis? *L*. Faciam. *E*. Neque par-
  tem tibi
Ab eo quoi sit indipisces[1], neque furem excipies? *L*. Ita.
E. Quid, si falles? *L*. Tum me faciat[2] quod volt magnus
  Juppiter!
E. Sat habeo. Age nunc, loquere : quid vis? *L*. Si me no-
  visti minus,   50
Genere qui sim gnatus, hic mihi est Megadorus avonculus;
Meus fuit pater Antimachus; ego vocor Lyconides;
Mater est Eunomia. *E*. Novi genus : nunc, quid vis ? *L*. Id volo
Noscere : ex te filiam tu habes. *E*. Immo eccillam domi.
L. Eam tu despondisti, opinor, meo avonculo. *E*. Omnem
  rem tenes.   55
L. Is me nunc renuntiare repudium jussit tibi.
E. Repudium, rebus paratis, exornatis nuptiis?
Ut illum di immortales omnes deæque, quantum est, perduint,

C'est une chose importante, et dont je serais bien aise de causer
tranquillement avec vous, si vous en avez le temps.
    E. Voyons, là, de bonne foi, vous ne m'avez pas pris mon or ?
    L. Non, en conscience.
    E. Et vous ne savez pas qui me l'a pris?
    L. Non, sur mon honneur.
    E. Et, si vous apprenez qui est mon voleur, vous m'en in-
struirez? *L*. Je n'y manquerai pas.
    E. Vous n'irez pas partager avec lui ou le recéler? *L*. Non.
    E. Et si vous ne tenez pas votre parole?
    L. Alors que le grand Jupiter fasse de moi ce qu'il voudra.
    E. C'est assez ; et maintenant parlez : que voulez-vous ?
    L. Si vous ne savez quelle est ma famille, je vous dirai
que Mégadore, votre voisin, est mon oncle ; mon père se nom-
mait Antimaque, je m'appelle Lyconide, et ma mère est Eunomie.
    E. Je connais votre famille ; mais que voulez-vous ?
    L. Le voici ; vous avez une fille ?
    E. Oui, et même elle est en ce moment à la maison.
    L. Vous l'avez promise, je crois, à mon oncle.
    E. Vous êtes parfaitement instruit.
    L. Eh bien, il m'a chargé de vous dire qu'il y renonce.
    E. Il y renonce! quand tout est prêt, quand les préparatifs sont
faits! Que tous les immortels, dieux et déesses, le confondent,

Res est magna,	La chose est grande (importante),
quam ego cupio	de laquelle moi je désire
loqui tecum otiose,	parler à toi à-loisir,
si otium est.	si loisir est *à toi*.
E. Dic bona fide :	*E*. Dis de bonne foi :
tu non subripuisti	toi tu n'as pas soustrait
id aurum?	cet or?
L. Bona.	*L*. *Je te le dis* de bonne *foi*.
E. Neque scis	*E*. Et tu ne sais pas
quis id abstulerit?	qui l'a enlevé?
L. Istuc quoque bona.	*L*. *Je dis* cela aussi de bonne *foi*.
E. Atque, si scies id,	*E*. Et si tu sauras (tu sais) cela,
indicabis mihi	tu dénonceras à moi
qui abstulerit?	qui *l'*aura enlevé?
L. Faciam.	*L*. Je *le* ferai
E. Neque indipisces tibi	*E*. Et tu ne prendras pas pour toi
ab eo quoi sit,	de celui à qui il sera,
neque excipies furem?	et tu ne recevras pas le voleur?
L. Ita.	*L*. *Qu'il en soit* ainsi.
E. Quid,	*E*. Qu'arrivera-t-il,
si falles?	si tu me tromperas (me trompes)?
L. Tum magnus Juppiter	*L*. Qu'alors le grand Jupiter
faciat me quod volt.	fasse de moi *ce* qu'il veut (voudra).
E. Habeo sat. Age nunc,	*E*. J'*en* ai assez. Allons maintenant,
loquere : quid vis?	parle, que veux-tu?
L. Si novisti me minus,	Si tu connais moi moins (peu),
qui genere sim gnatus,	de quelle famille je suis né,
hic Megadorus	ce Mégadore-ci
est avonculus mihi ;	est oncle à moi ;
Antimachus	Antimaque
fuit meus pater ;	fut mon père ;
ego vocor Lyconides ;	moi je m'appelle Lyconide ;
Eunomia est mater.	Eunomie est *ma* mère.
E. Novi genus :	*E*. Je connais la famille :
nunc, quid vis?	maintenant, que veux-tu?
L. Volo noscere id ex te :	*L*. Je veux savoir cela de toi :
tu habes filiam ex te.	tu as une fille de toi.
E. Immo eccillam domi.	*E*. Bien-plus voici-elle à la maison.
L. Tu despondisti eam,	*L*. Tu as fiancé elle,
opinor,	je pense,
meo avonculo.	à mon oncle.
E. Tenes omnem rem.	*E*. Tu tiens (tu sais) toute la chose.
L. Is jussit me	*L*. Celui-ci a ordonné moi
renuntiare tibi repudium.	annoncer à toi rupture.
E. Repudium, rebus paratis,	*E*. Rupture, les choses étant disposées,
nuptiis exornatis!	les noces étant préparées!
Ut omnes di immortales	Que tous les dieux immortels
deæque,	et *toutes* les déesses,
quantum est,	autant-qu'il *en* est,
perduint illum,	perdent lui,

Quem propter hodie auri tantum perdidi, infelix, miser !
L. Bono animo es, benedice[1]. Nunc, quæ res tibi et gnatæ
    tuæ   60
Bene feliciterque vortat.... Ita di faxint, inquito.
E. Ita di faciant ! L. Et mihi ita di faciant ! Audi nunc ïam.
Qui homo culpam admisit in se, nullu'st tam parvi preti,
Quom pudeat, quin purget sese : nunc te obtestor, Euclio,
Ut, si quid ego erga te imprudens peccavi aut gnatam
    tuam,   65
Mi ignoscas, eamque uxorem mihi des, ut leges jubent.
Ego me injuriam fecisse filiæ fateor tuæ,
Cereris vigiliis[2], per vinum atque impulsu adolescentiæ.
E. Hei mihi, quod facinus ex te audio ! L. Cur ejulas ?
Ea re repudium remisit avonculus causa mea.   70
I intro : exquære, sitne ita, ut ego prædico. E. Perii oppido :
Ita mihi ad malum malæ res plurumæ se adglutinant.
Ibo intro, ut, quid hujus rei sit, sciam. L. Jam te sequor.
Hæc propemodum jam esse in vado salutis res videtur.
Nunc servom esse ubi dicam meum Strobilum, non re-
    perio ;   75
Nisi etiam hic opperiar tamen paulisper ; postea intro

car il est cause que le pauvre Euclion a perdu aujourd'hui tout
son or !

L. Rassurez-vous, et ne le maudissez pas. Pour le bonheur de
votre fille et de vous.... dites : Que les dieux le veuillent !

E. Que les dieux le veuillent !

L. Et puissent-ils m'être favorables ! Écoutez donc. Il n'est pas
d'homme assez vil pour ne pas rougir et s'excuser d'une faute
qu'il a commise. Je vous en conjure donc, Euclion, si je vous ai
offensé sans le savoir, vous et votre fille, pardonnez-moi et don-
nez-la-moi pour femme, ainsi que le veulent les lois. J'ai fait violence à votre fille, je l'avoue, aux veilles de Cérès.... Le vin,.... la
fougue,.... la jeunesse....

E. Hélas ! qu'entends-je ?

L. De quoi gémissez-vous ? C'est pour cela que mon oncle y renonce en ma faveur. Entrez chez vous, et informez-vous si ce n'est
pas comme je vous le dis.

E. O désespoir ! tous les malheurs se réunissent pour fondre sur
moi. Entrons donc, et sachons la vérité. (Il sort.)

L. Je vous suis.... Je crois que l'affaire est en bon chemin.
Mais je ne puis imaginer où s'est fourré mon coquin de
Strobile. Je vais encore l'attendre un moment ici, puis j'irai

propter quem	à-cause duquel
infelix, miser,	*moi* infortuné, malheureux,
perdidi hodie tantum auri!	j'ai perdu aujourd'hui tant d'or!
L. Es bono animo,	L. Sois de bon courage,
benedice.	prononce-de-bonnes-paroles. [ner
Nunc, quæ res vortat	Maintenant, laquelle chose puisse-tour-
bene et feliciter	bien et heureusement
tibi et tuæ gnatæ....	à toi et à ta fille....
Inquito difaxint ita.	Dis que les dieux-fassent ainsi.
E. Di faciant ita!	E. Que les dieux fassent ainsi! [moi!
L. Et di faciant ita mihi!	L. Et que les dieux fassent ainsi pour
Audi nunc jam.	Écoute maintenant enfin.
Nullus homo est	Aucun homme n'est [une faute
qui admisit in se culpam,	qui a admis sur soi-même (a commis)
quin sese purget,	qui-ne se justifie,
quom pudeat.	lorsqu'il *en* a-honte.
Nunc obtestor te, Euclio,	Maintenant je conjure toi, Euclion,
ut, si ego imprudens	que, si moi sans-le-savoir
peccavi quid erga te	j'ai failli *en* quelque chose envers toi
aut tuam gnatam,	ou ta fille,
ignoscas mi,	tu *le* pardonnes à moi,
desque eam uxorem mihi.	et tu donnes elle *comme* épouse à moi.
Ego fateor me fecisse	Moi, j'avoue moi avoir fait
injuriam tuæ filiæ,	un outrage à ta fille,
vigiliis Cereris,	aux veilles de Cérès,
per vinum	par-l'-effet du vin
atque impulsu	et par l'impulsion
adolescentiæ.	de la jeunesse.
E. Hei mihi! quod facinus	E. Hélas pour moi! quel fait
audio ex te!	apprends-je de toi!
L. Cur ejulas?	L. Pourquoi te lamentes-tu?
Avonculus remisit ea re	*Mon* oncle a envoyé pour ce motif
repudium mea causa.	rupture en ma faveur.
I intro:	Va dedans:
exquære, sitne ita,	recherche, s'il est ainsi,
ut ego prædico.	comme moi je *le* dis-hautement.
E. Perii oppido:	E. Je suis perdu complétement:
ita malæ res plurumæ	tant les mauvaises choses très-nom-
se adglutinant mihi	s'attachent à moi [breuses
ad malum!	pour *mon* malheur!
Ibo intro, ut sciam	J'irai dedans, afin que je sache
quid hujus rei sit.	quoi de cette chose est.
L. Sequor te jam.	L. Je suis toi bientôt.
Hæc res videtur esse jam	Cette chose paraît être déjà
propemodum in vado salu-	presque dans le gué (le port) du salut.
Nunc non repperio [us.	Maintenant je ne trouve pas
ubi dicam esse	où je puisse-dire être
meum servom Strobilum;	mon esclave Strobile;
nisi tamen opperiar	à-moins-que cependant je n'attende
etiam hic paulisper;	encore ici un-peu-de-temps;

Hunc subsequar : nunc interim spatium ei dabo exquirendi.
Meum factum ex gnatæ pedisequa nutrice anu : ea rem
　novit.

ACTUS V.

STROBILUS, LYCONIDES.

S. Di immortales, quibus et quantis me donatis gaudiis!

Quadrilibrem aulam auro onustam habeo : quis me est di-
　vitior?

Quis me Athenis nunc magis quisquam est homo, quoi di
　sint propitii?

L. Certo enim ego vocem hic loquentis modo mi audire
　visus sum. *S.* Hem!

Herumne ego aspicio meum? *L.* Videone ego hunc, servom
　meum? 5

S. Ipsus est. *L.* Haud alius est. *S.* Congrediar. *L.* Contol-
　lam gradum.

S. Quin ego illi me invenisse dicam hanc prædam atque
　eloquar?

Igitur orabo ut manu me mittat. Ibo atque eloquar.

Repperi... *L.* Quid repperisti? *S.* Non, quod pueri clamitant
In faba se repperisse¹. *L.* Jamne autem, ut soles, delu-
dis? 10

S. Here, mane : eloquar : jam ausculta. *L.* Age ergo, lo-

rejoindre le bonhomme. Il aura ainsi le loisir de se faire raconter
la chose par la vieille nourrice de sa fille : elle est au fait de tout.

ACTE V.

STROBILE, LYCONIDE.

S. Dieux immortels, de quelle joie vous me remplissez l'âme!
Une marmite pleine d'or, qui pèse quatre livres! Est-il au monde
un homme plus riche que moi? est-il dans Athènes entière un
mortel à qui les dieux soient plus propices?

L. Il m'a semblé entendre une voix par ici.

S. Eh! n'est-ce pas mon maître que je vois?

L. N'est-ce pas Strobile, mon esclave? *S.* Lui-même.

L. C'est bien lui.

S. Abordons-le.

L. Avançons.

S. Pourquoi ne pas lui dire la belle trouvaille que j'ai faite?
Je le prierais ensuite de m'affranchir. Çà, parlons. J'ai trouvé....

L. Quoi?

S. Pas ce qui fait jeter des cris de joie aux enfants quand ils le
trouvent dans une fève.

L. Vas-tu te moquer de moi, selon ton habitude?

S. Patience; je m'explique. Écoutez.

postea subsequar hunc	ensuite je suivrai celui-ci
intro :	dedans : [lui
nunc interim dabo ei	maintenant pendant-cela je donnerai à
spatium exquirendi	le temps de s'informer
ex anu nutrice	de (auprès de) la vieille nourrice,
pedisequa gnatæ	suivante de *sa* fille,
meum factum :	de ma conduite :
ea novit rem.	celle-ci connaît la chose.

ACTE V.

STROBILE, LYCONIDE.

S. Di immortales,	*S.* Dieux immortels,
quibus et quantis gaudiis	de quelles et de quelles-grandes satis-
donatis me!	vous gratifiez moi ! [factions
Habeo aulam quadrilibrem	J'ai une marmite de-quatre-livres
onustam auro :	chargée d'or :
quis est divitior me?	qui est plus riche que moi ?
Quis homo quisquam	Quel homme quelconque
est nunc Athenis	est maintenant à Athènes,
quoi di sint	auquel les dieux soient
magis propitii me?	plus propices qu'à moi ?
L. Certo' etiam	*L.* Certainement oui
ego sum visus mi	moi j'ai paru à moi
audire modo vocem	entendre tout-à-l'-heure la voix
loquentis hic.	de *quelqu'un* parlant ici.
S. Hem ! egone aspicio	*S.* Eh ! Est-ce-que moi j'aperçois
meum herum ?	mon maître ?
L. Egone video hunc,	*L.* Est-ce-que moi je vois celui-ci,
meum servom ?	mon esclave?
S. Est ipsus.	*S.* *C'*est lui-même.
L. Haud est alius.	*L.* *Ce* n'est pas un autre.
S. Congrediar.	*S.* Je l'aborderai.
L. Contollam gradum.	*L.* Je rapprocherai *mon* pas *de lui.*
S. Quin dicam ego illi	*S.* Pourquoi-ne dirai-je pas à lui
atque eloquar	et *ne* raconterai-je pas
me invenisse hanc prædam?	moi avoir trouvé ce butin?
Igitur orabo	Donc je *le* prierai
ut mittat me manu.	qu'il renvoie moi de *son* pouvoir (qu'il
Ibo atque eloquar.	J'irai et je parlerai. [m'affranchisse).
Repperi....	J'ai trouvé....
L. Quid repperisti?	*L.* Qu'as-tu trouvé?
S. Non quod pueri clamitant	*S.* Non *ce* que les enfants crient
se repperisse in faba.	soi avoir trouvé dans une fève.
L. Deludisne autem jam,	*L.* Mais est-ce-que tu te joues *de moi*,
ut soles ?	comme tu as-coutume ? [maintenant
S. Here, mane; eloquar :	*S.* Maître, attends; je parlerai :
jam ausculta.	maintenant écoute.

quere. *S.* Repperi hodie,
Here, divitias nimias. *L.* Ubinam? *S.* Quadrilibrem, inquam,
aulam auri plenam.

L. Quod ego facinus audio ex te? *S.* Euclioni huic seni
subripui.

L. Ubi id est aurum? *S.* In arca apud me : nunc volo me
emitti manu.

L. Egon ut emittam manu te, scelerum cumulatissume? 15
S. Abi', here! scio, quam rem geras :
Lepide hercle animum tuom tentavi. Jam ut eriperes ad-
parabas.

Quid faceres, si repperissem? *L.* Non potes probasse nugas.
I, redde aurum! *S.* Reddam ego aurum? *L.* Redde, ut huic
reddatur. *S.* Unde?

L. Modo quod fassu's esse in arca. *S.* Soleo hercle ego gar-
rire nugas :   20
Ita loquor. *L.* At scies quomodo.

S. Vel hercle enica : nunquam hinc feres a me. . . . .
L. Ut² admemordi hominem.

EUCLIO.

Nec³ noctu, nec diu, quietus umquam eram : nunc dormiam.

. . . .

Ego effodiebam in die denos scrobes.

    L. Parle donc. *S.* Eh bien, maître, j'ai trouvé un gros trésor.
    L. Où cela? *S.* Une marmite pleine d'or qui pèse quatre livres.
    L. Qu'entends-je? *S.* Je l'ai dérobée à notre vieil Euclion.
    L. Où est cet or? *S.* Chez moi, dans une cassette. Maintenant je
désire que vous m'affranchissiez.
    L. Moi, que je t'affranchisse, infâme coquin!
    S. Là, là! mon maître, je sais à quoi m'en tenir. Je m'y suis
bien pris pour voir le fond de votre pensée. Vous alliez m'arracher mon trésor. Eh bien, que feriez-vous, si je l'avais trouvé?
    L. Tu ne me feras pas croire à tes sornettes. Allons, rends cet or.
    S. Que je rende cet or? *L.* Oui, pour le remettre au vieillard.
    S. Eh! où le prendrais-je?
    L. Tu viens d'avouer qu'il est dans ta cassette.
    S. J'aime à plaisanter : c'était pour rire.
    L. Sais-tu bien ce qui t'attend?
    S. Par ma foi! vous pouvez me tuer, vous n'aurez rien.

. . . .

    L. Comme je l'ai touché au vif!

EUCLION.

    E. Je n'avais de repos ni la nuit, ni le jour; maintenant, je dor-
mirai. Je creusais dix cachettes par jour.

L. Age ergo, loquere.	*L.* Allons donc, parle.
S. Repperi hodie, here,	*S.* J'ai trouvé aujourd'hui, maître,
divitias nimias.	des richesses excessives.
L. Ubinam?	*L.* Où?
S. Aulam quadrilibrem,	*S.* Une marmite de-quatre-livres,
inquam,	dis-je,
plenam auro.	pleine d'or.
L. Quod facinus	*L.* Quel acte
ego audio ex te?	moi apprends-je de toi?
S. Subripui	*S.* Je *l'*ai soustraite
huic seni Euclioni.	à ce vieil Euclion.
L. Ubi est id aurum?	*L.* Où est cet or?
S. In arca apud me:	*S.* Dans un coffre, chez moi:
nunc volo me	maintenant je veux moi [franchi].
emitti manu.	être renvoyé de *ton* pouvoir (être af-
L. Utne ego	*L.* Que moi
emittam te manu,	je renvoie toi de *mon* pouvoir,
cumulatissume scelerum?	ô le plus chargé de crimes?
S. Abi, here! scio	*S.* Va, maître! je sais
quam rem geras:	quelle chose tu veux-faire:
tentavi lepide hercle	j'ai sondé joliment, par Hercule,
tuom animum.	ton intention. [chasses.
Jam adparabas ut eriperes.	Déjà tu te préparais, afin que tu arra-
Quid faceres,	Qu'aurais-tu fait
si repperissem?	si j'avais trouvé?
L. Non potes probasse	*L.* Tu ne peux avoir prouvé [santerie).
nugas.	des plaisanteries (que ce soit là une plai-
I, redde aurum.	Va, rends l'or.
S. Ego reddam aurum!	*S.* Que moi je rende l'or! [ci. (Euclion).
L. Redde, ut reddatur huic.	*L.* Rends-*le*, pour qu'il soit rendu à celui-
S. Unde?	*S.* D'où *le rendrai-je?*
L. Quod es fassus modo	*L.* *L'or* que tu as avoué tout-à-l'-heure
esse in arca.	être dans *ton* coffre.
S. Ego hercle soleo	*S.* Moi, par Hercule, j'ai-coutume
garrire nugas:	de débiter des plaisanteries:
loquor ita.	je parle ainsi (en plaisantant).
L. At scies quomodo.	*L.* Mais tu sauras comment.
S. Hercle vel enica:	*S.* Par Hercule, même tue-*moi:*
nunquam feres hinc a me,	tu ne *l'*emporteras jamais d'ici de moi.
L. Ut admemordi hominem!	Comme j'ai mordu l'homme!

EUCLION.

Eram umquam quietus	Je *n'*étais jamais tranquille
nec noctu, nec diu:	ni de nuit, ni de jour:
nunc dormiam.	maintenant je dormirai.
Ego effodiebam in die	Moi je creusais dans un jour
denos scrobes.	dix fosses.

NOTES

SUR LA MARMITE.

Page 8 : 1. *Aulularia*, s.-ent. *fabula*, la pièce de la Marmite (de *aulula*, diminutif de *aula*, comme *olla*, marmite). Cette pièce semble avoir été composée vers l'an 195 av. Jésus-Christ, date du consulat de Caton.

— 2. *Lar familiaris*. C'était le génie protecteur de la maison, le gardien de toute la famille. Le dieu Lare remplit ici le rôle du *Prologus*, acteur chargé de débiter le prologue.

— 3. *Avido*. Scaliger propose ici une ingénieuse leçon : *ita avito ingenio*. Mais elle n'est pas nécessaire.

Page 10 : 1. *Ecqui*. Adverbe, formé comme *qui* pour *quare*, et qui équivaut à peu près à *num*.

— 2. *Aliqui*. Ablatif arch. pour *aliqua re*.

— 3. *Siet*. Subj. arch. pour *sit*.

Page 12 : 1. De cette scène, Molière a tiré le début de la scène III du 1ᵉʳ acte de l'*Avare*.

— 2. *Emissiciis*. Mot forgé par Plaute. Comparez *demissiciæ tunicæ*, *Pœn.* V. 5, 24.

— 3. *Nam cur* équivaut à *curnam*. La particule *nam* ainsi placée sert à exprimer l'indignation ou un sentiment violent du même genre.

— 4. *Stimulorum seges*. Injure souvent adressée aux esclaves que l'on châtiait en les piquant avec un aiguillon.

Page 12 : 5. *Sis*, c'est-à-dire *si vis.*

— 6. *Habet.* Les comiques négligent souvent la règle du subjonctif dans l'interrogation indirecte.

— 7. *Adaxint.* Parf. du subjonctif archaïque pour *adegerint.*

Page 14 : 1. *Respexis.* Futur passé arch. pour *respexeris.*

— 2. *Donicum*, forme ancienne équivalente à *donec*, dans le sens de *antequam.*

— 3. *Nimis* équivaut à *valde.*

— 4. *Sollicitat.* Molière : « Ce n'est pas une petite peine que de garder chez soi une grande somme d'argent. »

— 5. *Nœnum.* Négation archaïque pour *non*, composé de *ne* et de *œnum* (*unum*), comme le grec οὐδ' ἕν, auquel elle correspond.

— 6. *Intemperix.* Molière : « Je pense, sauf correction, qu'il a le diable au corps. »

Page 16 : 1. *Defæcato*, calme, comme un vin que l'on a laissé reposer et dont la lie est allée au fond.

— 2. *Quippini.* Particule de concession, mais qui renferme une idée d'ironie : Pourquoi non ? Sans doute !

— 3. *Quæsti.* Génitif archaïque pour *quæstus.* Plaute use toujours du génitif en *i* dans les mots : *quæsti, tumulti, victi, senati, gemiti.*

— 4. *Mirum, quin.* Locution ironique, comme notre : Ne faudrait-il pas vraiment.... Il y a lieu de s'étonner que.... ne....

— 5. *Philippum.... Darium....* Ces deux noms arrivent ici pour personnifier les rois d'Europe et d'Asie les plus célèbres par leurs richesses.

— 6. *Extempulo.* Adverbe formé de *ex* et d'un diminutif de *tempus.* La forme syncopée *extemplo* est plus ordinaire.

Page 18 : 1. *Utenda.* Participe passif dont l'emploi est assez fréquent dans Plaute. Voy. encore Ovide, *Ars amatoria*, I, 433 : « Multa rogant utenda dari, data reddere nolunt. »

— 2. *Quaquam.* Adverbe indéfini qui se joint à la négation pour en augmenter la valeur comme dans *haudquaquam.* D'ailleurs Plaute a dit encore : *numquam quicquam* et *numquam quisquam.*

— 3. *Ambobus pessulis*, le verrou intérieur d'en haut et celui d'en bas.

— 4. *Animi.* Ce génitif se joint ordinairement aux verbes et aux adjectifs qui marquent le trouble ou l'agitation violente de l'âme. On s'accorde généralement à y reconnaître une sorte de locatif.

Page 18 : 5. *Magister curiæ*. Expression tout à fait inconnue hors de ce passage. M. Wagner conjecture avec probabilité que ce doit être la traduction de quelque mot grec, tel que τριττυάρχης. C'est un trait de la vie athénienne. Les distributions d'argent étaient beaucoup plus fréquentes à Athènes qu'à Rome, où l'on n'en vit guère qu'au temps des empereurs.

— 6. *Nummos*. Il est généralement difficile, quand Plaute emploie ce mot, de bien savoir s'il veut désigner le sesterce romain, la drachme ou le didrachme grec.

Page 22 : 1. *Quin*. C'est-à-dire *ita ut non*.

—2. *Eo* équivaut à *ideo*.

— 3. *Quis*. Féminin arch. pour *quæ*. Joignez d'ailleurs *quisnam*.

— 4. *Amabo*, formule de prière, comme notre : Je te le demande.

— 5. *Factum volo*. Formule de politesse et d'obligeance, équivalente à *cupio tibi fieri quod vis*. Cf. Horace, *Satires*, I, 9, 5 : « Cupio omnia quæ vis. »

— 6. *Faxint*. Parf. du subj. archaïque. Cette formule, d'ailleurs très-usitée même en prose, équivaut à *ita di faciant*.

Page 24 : 1. *Lapides loqueris*, « tu me dis des pierres », c'est-à-dire des choses bien dures à accepter. Aristophane, *Nuées*, 910, a dit par une figure semblable, mais dans un sens opposé : Ῥόδα μ' εἴρηκας.

— 2. *Cedo*. Impératif archaïque dans le sens de *da*. Le pluriel est *cette*.

— 3. *Numne*. Particule interrogative composée, où l'enclitique *ne* s'ajoute à *num*, comme quelquefois au pronom interrogatif.

— 4. *Postumus*. On appelait ainsi non pas l'enfant né après la mort du père, mais le dernier-né. *Postumus* est un adjectif formé de *post*, d'après la règle qui a présidé à la formation de *intimus*, *ultimus*, dont il a le sens.

— 5. *Nostrum*. Syncope pour *nostrorum*.

— 6. *Factiones*. Littéralement *factio*, qui se prenait aussi en bonne part, c'est la clientèle, ce sont les relations qui s'attachent à une personne riche et, par conséquent, c'est l'opulence dont elles sont la marque.

— 7. *Dotis dapsilis*, accus. plur. L'adjectif est d'ailleurs la transcription du grec δαψιλής, libéral, magnifique.

Page 26 : 1. *Me numquid vis.* Formule équivalente à notre : Vous n'avez plus rien à me dire? et dont on usait pour prendre congé.

— 2. *Præsagibat.* Imparfait arch. pour *præsagiebat.*

— 3. *Frustra me ire.* Régulièrement il faudrait le futur *me iturum esse.* Mais il est permis de considérer l'infinitif comme un nom verbal invariable, exprimant le fait qui est l'objet de l'action marquée par le verbe.

Page 28 : 1. *Properare propero.* Redoublement comique d'expression, familier à Plaute.

— 2. *Quid tu?* Sous entendu *agis.*

— 3. *Qui.* Adverbe pour *ut eo.* Molière modifie légèrement l'idée en faisant dire à l'Avare par son fils : « Vous n'avez pas lieu de vous plaindre, et l'on sait que vous avez assez de bien. »

— 4. *Quoiquam,* datif de *quisquam.*

Page 30 : 1. *Zamiam* équivaut à *damnum, detrimentum.* C'est le grec ζημία.

— 2. *Paucis est quod te volo.* Dans cette locution, *quod* est l'accusatif de l'adjectif conjonctif équivalent à *propter quod.*

— *Harpagatum.* Mot hybride formé du grec ἁρπάζω, et dont Plaute offre quatre autres exemples.

— 4. *Edepol.* Interjection formée de la particule affirmative *e,* du vocatif syncopé de *deus,* et du nom de Pollux fréquemment invoqué chez les Romains.

— 5. *Ex paupertate,* c'est-à-dire *ex ordine pauperum,* par analogie avec l'expression *ex nobilitate.* Toutefois il n'y a pas d'autre exemple d'une telle acception. M. Naudet donne à *ex* la notion de cause : *ob paupertatem.*

— 6. *Perit.* Contraction pour *periit.* Euclion n'a pu compter son argent. Il n'a vu que la marmite. Il dit donc : Tout va bien, s'il n'y manque rien.

Page 32 : 1. *Quid fide?* Dans cette locution, *quid* sert à marquer le progrès de l'énumération. C'est comme s'il y avait : *Quid? qua fide me arbitrare esse?*

— 2. *Ætatem.* Harpagon parlant du seigneur Anselme dit : « C'est un homme mûr, prudent et sage, qui n'a pas plus de cinquante ans et dont on vante les grands biens. » Ailleurs il l'appelle « un homme aussi riche que sage.... » « un gentilhomme noble, doux, posé, sage et fort accommodé. » Ces qualités répondent à peu près à celles que reconnaît Euclion dans Mégadore.

Page 32 : 3. *Malitia*, l'esprit de ruse et de fraude. D'ailleurs *malitia* se prenant quelquefois en bonne part dans le sens de *solertia*, *calliditas*, Plaute, en ajoutant *mala*, détermine le sens et montre que pour lui *mala malitia* équivaut à *dolus*.

Page 34 : 1. *Locassim*, parfait du subj. archaïque pour *locaverim*.

— 2. *Quasi* est pris dans son sens étymologique pour *quam si*, que si.

— 3. *Fuat*. Subjonctif archaïque pour *sit*.

— 4. *Quam proxume.... tam optumum*. Cette construction des adverbes de quantité avec le superlatif répond à l'emploi de *quo.... eo* avec le comparatif.

— 5. *Duas*. Archaïsme pour *des*. — C'est l'idée première du *sans dot* de Molière.

Page 36 : 1. *Fastidit mei*. Construction dont Plaute offre quelques exemples, c'est-à-dire *fastidium mei habes*.

— 2. *Congrediri*. Forme archaïque pour *congredi*.

— 3. *Senecta ætate*. Le premier de ces deux mots est un adjectif, ou, si l'on veut, un participe dérivé de *senescere*.

— 4. *Ludos facias*. Ces deux mots unis forment une sorte de verbe composé, comme *ludifices*, qui gouverne l'accusatif.

— 5. *Copia est*. Euclion joue sur les mots. Mégadore prend *ludos facere* dans le sens de « railler », Euclion dans celui de « faire les frais de jeux publics, » et il ajoute « Je n'en ai pas le moyen. »

Page 38 : 1. *Perplexarier*. Archaïsme pour *perplexari*.

— 2. *Immo.... optuma*, suppléez *causa est cur faciamus hodie nuptias*.

— 3. *'Stuc*, forme syncopée pour *istuc*, c'est-à-dire cela même, ce que tu viens de dire, je suis d'accord avec toi.

— 4. *Deblaterasti*. Ce verbe est une forme intensive de *blaterare* qui se rencontre dans Horace et quelques vieux poëtes.

Page 40 : 1. *Pure propera*. Locution équivalente à *propera*, c'est-à-dire *festina parare vascula ut pura sint*. Toutefois elle est bien forcée, et il peut y avoir dans ce texte une altération.

— 2. *Mistum*. Staphyla, qui aime le vin, et le vin pur, caractérise les peines qui l'attendent en les désignant par ce qui est pour elle un grand malheur, boire le vin trempé.

Page 42 : 1. *Adeo* attire ici l'attention sur le pronom qui précède comme le ferait la particule grecque γέ.

Page 42 : 2. *Nempe*, dans la phrase interrogative, montre que celui qui parle a compris et qu'il veut faire confirmer sa pensée Tu veux dire, n'est-ce pas que, etc.

— 3. *Domum.* Cet accusatif est appelé par l'idée de mouvement contenue dans l'action nécessaire pour se rendre au logis.

— 4. *Tigillo.* Euclion se croit ruiné, si la plus mince pièce de bois (*tigillum*) est brûlée dans sa maison : en conséquence il n'y a jamais de bois chez lui. Toutefois beaucoup de commentateurs écrivent *tigello* et l'expliquent par *tuguriolo, domicilio brevi* : Si la moindre fumée s'échappe de son toit.

— 5. *Æquom.* Le cuisinier fait sans doute un geste d'incrédulité.

Page 44 : 1. *Talentum magnum.* C'est le talent attique valant environ 5400 francs de notre monnaie.

— 2. *Utendam*, pour servir à l'usage. Euclion ne prête rien; l'idée de prêter lui répugne absolument. Il l'écarte même lorsqu'il s'agit de choses qui ne lui enlèvent rien. — Molière : « *Donner* est un mot pour lequel il a tant d'aversion, qu'il ne dit jamais : *je vous donne*, mais *je vous prête le bonjour.* »

— 3. *Miluos* et v. 36, *miluom*, diérèse pour *milvos, milvom.*

— 4. *Vadarier.* Archaïsme pour *vadari,* faire donner caution, assigner en justice.

— 5. *Vostrorum.* C'est le génitif pluriel du pronom personnel. Étymologiquement cette forme est empruntée au pronom possessif. A l'époque classique, elle devint par syncope *vestrum.* Du temps de Plaute, les deux formes s'employaient indifféremment.

— 6. *Nundinalis.* Congrion prétend que l'autre cuisinier n'exerce son art que les jours de *nundines*, ou de marchés, lorsqu'il y a grande affluence à la ville, et que l'on a besoin de cuisiniers de renfort. C'est lui reprocher de n'être que médiocre dans son art.

— 7. *Trium litterarum homo*, c'est-à-dire *fur.*

Page 46 : 1. *Phrygia, Eleusium.* Noms de joueuses de flûte que Strobile amène avec lui. Dans les occasions solennelles, où il y avait sacrifice, on louait des joueuses de flûte. Ces personnages, accoutumés à bien vivre, étaient fort gras. Cf. Virgile, *G.* II, 193.

— 2. *Detrusti.* Syncope pour *detrusisti.*

— 3. *Tibi recte facere.* Infinitif d'indignation. *Tibi* désigne Congrion, mais la seconde personne *facias* est indéfinie; elle répond au français *on* : ce que l'on fait est perdu, on perd sa peine.

Page 46 : 4. *Poscere* équivaut à *poscendo*. L'infinitif peut être considéré comme un nom indéclinable qui supplée tous les cas.

— 5. *Quippe qui,* etc. Construisez : *Quippe qui ubi nihil est quod subripias.* Dans cette locution *qui* n'est pas le relatif, c'est une ancienne particule affirmative que l'on trouve dans le composé *atqui.*

Page 48 : 1. *Cererin.... nuptias.* Allusion à un ancien culte romain où l'on célébrait les noces de Cérès et d'Orcus, comme en Grèce celles de Pluton et de Perséphoné. Dans cette cérémonie on devait s'abstenir de vin.

— 2. *Ipsus.* Ce pronom désigne le maître de celui qui parle, en conséquence Mégadore.

— 3. *Volcano.* Vulcain est le dieu du feu, celui avec lequel les cuisiniers ont le plus de familiarité.

Page 50 : 1. *Superi.... inferi.* Allusion à la situation des cuisiniers et de leurs maîtres, et en même temps jeu de mots sur les idées diverses que ces expressions réveillent dans la langue latine.

— 2. *Rapacidarum.* Mot plaisamment formé de *rapax* avec une terminaison de nom patronymique.

— 3. *Animum confirmare.* Euclion doit faire effort sur lui-même pour se bien traiter et déroger ainsi à son habituelle parcimonie.

— 4. *Agninam,* etc. Avec tous ces mots sous-entendez *carnem.*

— 5. *Adii manum.* Cette expression prise souvent dans Plaute avec le sens de tromper, décevoir, doit venir de quelque artifice partiqué par les lutteurs.

— 6. *Ventri,* etc. Il y a ici une sorte de délibération. *Venter* représente les appétits naturels ; *cor,* le désir. Euclion leur impose son ordre. Il détermine la volonté raisonnable, *animus,* à se ranger à son avis.

Page 52 : 1. *Antidhac.* Archaïsme pour *antehac.*

— 2. *Thesaurarios.* Ce mot est un ἅπαξ εἰρημένον.

— 3. *Exdorsua.* Ce verbe ne se rencontre qu'ici et dans Apulée. Il y a dans Molière un mouvement semblable à celui-là, quand maître Jacques paraît sur la scène en disant : « Qu'on me l'égorge tout à l'heure ; qu'on me lui fasse griller les pieds ; qu'on le mette dans l'eau bouillante, et qu'on me le pende au plancher. » Molière y ajoute un trait comique, lorsque Harpagon demande si celui que l'on traite ainsi est le voleur de sa cassette.

Page 52 : 4. *Artoptam*. Du grec ἀρτόπτης, ustensile propre à faire rôtir le pain que l'on mangeait dans les repas un peu recherchés.

Page 54 : 1. *Bacchas.... bacchanal*. Allusion aux scènes tumultueuses du culte de Bacchus, qui à cette époque s'introduisait à Rome et produisait de nombreux désordres.

— 2. *Discipulos*. Ce sont les aides cuisiniers, les marmitons, que Congrion décore de ce nom pompeux.

— 3. *Oppido* a le sens de *valde*. L'étymologie en est incertaine. Toutefois on peut considérer que le substantif *oppidum*, qui semble être un adjectif pris substantivement, signifie un lieu fort.

— 4. *Bacchanal*, l'endroit où celui que Congrion regarde comme un possédé de Bacchus exerce ses fureurs.

— 5. *Magister*. C'est Euclion; sa violence a déjà enseigné à Congrion à fuir.

Page 56 : 1. *Trisviros*. Magistrats chargés de veiller à la police et à la sécurité des rues.

— 2. *Nos tactio*. Le substantif conserve la valeur active du verbe formé du même radical. Ainsi *nos* est le régime de *tactio*.

— 3. *Si hoc caput sentit*, c'est-à-dire *si vivo*. Congrion menace Euclion. Mais celui-ci prend ses paroles dans un autre sens, et il le bat en disant : « Sens-tu mes coups? »

Page 58 : 1. *Edim*. Arch. pour *edam*. Cf. Horace , *Épodes*, III, 3.

— 2. *Me haud pænitet*. Littéralement : je n'ai aucun regret, je suis content de ce que j'ai.

— 3. *Laverna*. Cette divinité semble une des formes de *Lara*, la mère des Lares, une déesse de l'obscurité. C'est à ce titre sans doute qu'elle devint la protectrice des voleurs.

— 4. *Pipulo*, c'est-à-dire *convicio differam*. Selon Varron, *pipulum* vient de *pipatus pullorum*, le cri discordant de la volaille.

Page 60 : 1. Euclion, qui est sorti pendant que le cuisinier prononce les deux vers précédents, rentre tenant entre ses bras sa marmite.

— 2. *Temperi*. Adverbe archaïque qui signifie : à temps, à propos. Le tour est ironique. Congrion dit à Euclion : « Il est bien temps. »

— 3. *Lege agito mecum*. Euclion, pour se débarrasser des plaintes du cuisinier, le renvoie à se pourvoir devant le magistrat.

Page 62 : 1. *Peculiaris*. Les esclaves avaient une sorte de propriété, *peculium*, avec laquelle dans certains cas ils pouvaient se racheter; ce pécule pourtant appartenait au maître, qui en faisait au besoin ce qu'il voulait. Voilà pourquoi Euclion dit de ce coq qui est à Staphyla, *meus*.

Page 62 : 2. *Hæc*, la marmite que tient Euclion.

— 3. *Ita*. La conjonction *ut* ne lie point cette proposition à la suivante; pourtant le sens est à peu près le même.

— 4. *Manifestarium*. Plaute emploie encore deux fois cet adjectif, que l'on retrouve seulement dans Aulu-Gelle, faisant allusion à l'un de ces passages.

— 5. *Gallo*. Racine a imité ce passage dans les *Plaideurs :* « Il fit couper la tête à son coq de colère Pour l'avoir éveillé plus tard qu'à l'ordinaire. Il disait qu'un plaideur, dont l'affaire allait mal, Avait graissé la patte à ce pauvre animal. »

— 6. *Manubrium*. Ce mot désigne le manche, la poignée d'un instrument, et ici il est pris dans un sens figuré. C'est l'occasion, l'opportunité pour dérober.

Page 64 : 1. *Altercatio*. On dit plutôt *altercari cum aliquo* que *in aliquem*. Toutefois *in* avec l'accusatif marque ici l'objet auquel se terminera l'action.

— 2. *Tutor*. Les orphelines étaient à Athènes sous la direction de tuteurs chargés de soutenir leurs intérêts; et les gens avide recherchaient de telles unions où le bien était disponible et où il ne s'agissait que de débattre avec un tuteur.

— 3. *Lubeant*. Emploi archaïque de ce verbe à une forme personnelle.

— 4. *Amabunt*. Futur qui exprime, non pas seulement une action à venir, mais un fait qu'Euclion désire voir se réaliser.

Page 66 : 1. *Stat fullo*. Mégadore énumère les noms des divers ouvriers occupés à la toilette des dames.

— 2. *Sedentarii*. Épithète qui dans Plaute accompagne ordinairement le nom des *sutores*.

— 3. *Solearii*. Ce mot n'a d'autre exemple, outre ce passage, qu'une inscription rapportée par Gruter.

— 4. *Molochinarii*. Outre ce passage, ce mot ne se rencontre que dans une inscription du recueil de Muratori.

— 5. *Strophiis*, bandes d'étoffe qui dans le costume des dames romaines faisaient l'office du corset.

— 6. *Phylacistæ*. Ce sont les gardiens d'esclaves. Mégadore veut dire que les fournisseurs assiégent le débiteur comme les gardiens surveillent les esclaves dans les *ergastula*.

Page 68 : 1. *Miles*. Celui qui est chargé de recueillir le tribut pour l'entretien des troupes, *æs militare*.

— 2. *Hæc*. Pluriel féminin archaïque de *hic*.

— 3. *Meminerint*, etc. Le riche doit se souvenir de sa naissance et, par conséquent, être magnifique.

Page 70 : 1. *Senatu*, la réunion, le sénat que nous formons ensemble. Expression plaisamment emphatique.

— 2. *Intromisti*. Syncope pour *intromisisti*.

— 3. *Senis*. Nombre distributif : chacun d'eux a six mains.

— 4. *Geryonaceo*. Géryon était un personnage fabuleux, tué par Hercule, et qui avait un triple corps.

— 5. *Argus*. Allusion à la fable d'Argus, institué par Junon le gardien d'Io.

— 6. *Pirenam*, fontaine consacrée aux Muses et située au pied de la citadelle de Corinthe.

— 7. *Curiosam*. Apulée imite ce passage en appelant un agneau gras *agnus incuriosus*.

— 8. *Curio*. Mégadore reprend la plaisanterie d'Euclion sur un autre mot qui a quelque ressemblance avec celui qu'il a prononcé. Le curion, *curio*, était le chef religieux de la curie.

Page 72 : 1. *Lanterna punica*. Seule mention dans les auteurs anciens de cette espèce de lanterne. Weise pense qu'il s'agit d'un objet de verre, ce qui n'est pas sans vraisemblance, si l'on considère que l'invention du verre est généralement attribuée aux Phéniciens.

— 2. *Loces efferundum*. Euclion joue sur les termes ordinaires par lesquels on désignait le soin des funérailles. On disait *funus locare*, charger quelqu'un de préparer un service funèbre.

— 3. *Potem*. Subjonctif dans le sens de l'optatif grec et qui revient à *nolo potare*.

— 4. *Jussero*. Le futur passé marque que l'action s'accomplira promptement et qu'elle peut déjà être considérée comme accomplie.

— 5. *Tibi* est ici au datif à cause de *quoi* (*cui*), par une sorte d'attraction inverse.

— 6. *Deponat vino*. Comparez à cette expression *vino sepultus*. *Deponere vino* est *sepelire vino*.

Page 72 : 7. *Faxo*. Futur passé archaïque pour *fecero*, mais dans le sens du futur simple.

Page 74 : 1. *Fidei*. La Bonne Foi. Numa avait élevé à Rome un temple à la Bonne Foi Publique, *Fides Publica*.

— 2. *Mutassis*. Forme archaïque pour *mutaveris*.

— 3. *Concreduo*. Arch. pour *concredo*.

— 4. *Strobilus*. Ce Strobile ne peut être celui qui, dans l'acte précédent, se dispute avec les cuisiniers. Aussi, bien que tous les manuscrits soient d'accord sur la forme *Strobilus*, beaucoup de commentateurs appellent ces deux esclaves, l'un *Strobilus*, l'autre *Strophilus*. Mais il est plus vraisemblable que c'est une pure négligence du poëte, et que Plaute a donné le même nom à deux personnages différents, auxquels il paraissait également convenir, sans se préoccuper de la confusion qui pourrait en résulter.

Page 76 : 1. *Qui*, est un ablatif du relatif.

— 2. *In splendorem*. Les fers se rouillent quand on ne s'en sert pas habituellement.

— 3. *Arbitrarier*. Archaïsme pour *arbitrari*.

Page 78 : 1. *Indicassis*. Subj. arch. pour *indicaveris*.

— 2. *Prohibessis*. Archaïsme pour *prohibueris*.

— 3. *Fide*. Datif archaïque.

— 4. *Fides*. Génitif archaïque pour *fidei*.

Page 80 : 1. *Congialem*. Le conge valait plus de trois litres.

— 2. *Fideliam*, un vase à mettre le vin, une jarre. L'esclave joue sur la ressemblance du mot avec *fides*.

— 3. *Ab læva manu*. Présage sinistre.

— 4. *Foras*. Il s'adresse à Strobile qu'il aperçoit. — Comparez avec Molière, acte I, sc, III.

Page 82 : 1. *Larüæ*, diérèse pour *Larvæ*, les fantômes. La première syllabe reste longue. Dans la mythologie latine ce sont les âmes des méchants qui viennent tourmenter et troubler les vivants.

— 2. *Nive.... vellem*. Euclion complète ironiquement la pensée de Strobile.

— 2. *Excutedum*. La particule *dum* a ici la valeur du grec δή et du français : donc.

Page 84 : 1. *Perscrutavi*. Plaute emploie indifféremment le déponent et l'actif de ce verbe.

— 2. *Socienno*. Mot cité par Nonius, comme employé par Plaut dans le sens de *socio*.

Page 84 : 3. *Insidias seni*. Molière : « Ah! qu'un homme comme cela mériteroit bien ce qu'il craint, et que j'aurois de joie à le voler !.... Il me donneroit, par ses procédés, des tentations de le voler, et je croirois en le volant faire une action méritoire. »

Page 86 : 1. *Sublevit*. Parfait de *sublinere. Os sublinere*, c'est railler. Selon Nonius cette locution vient de la plaisanterie qui consiste à barbouiller le visage de ceux qui dorment.

— 2. *Illic*. Datif de *illic* pour *illi*.

— 3. *Edit*. Troisième personne du subj. *edim* pour *edam*.

— 4. *Duim.... perduim*. Archaïsmes pour *dem, perdam*.

— 5. *Silvani*. Silvain, antique divinité latine, qui avait diverses attributions, entre autres celle de veiller sur les troupeaux et les plantations d'arbres. C'était aussi une sorte de dieu lare.

Page 88 : 1. *Juxta.... mecum*, aussi bien que moi. On trouve cette locution dans Salluste, *Catilina*, 58.

— 2. *Impetrassere*. Ancien infinitif futur.

Page 90 : 1. *Pici*. Il y a ici attraction ; le nominatif est appelé par *qui* sujet du verbe *colunt*. D'ailleurs une confusion s'introduit entre des être différents. Dans la mythologie grecque ce sont les griffons, *Gryphes*, qui, au pays des Arimaspes, conservent l'or dans les montagnes de l'Orient. Dans la mythologie romaine, le roi Picus fait la même chose au fond des forêts. Les piverts le personnifient. De là le mélange des légendes.

— 2. *Rex Philippus*. Qui est ce roi Philippe? C'est au hasard (les Romains n'en savent pas plus long) celui dont l'effigie est sur les pièces d'or de Macédoine, alors fort répandues. D'ailleurs, à l'époque où cette comédie fut représentée (après 195), les imaginations étaient pleines de l'idée du roi Philippe récemment vaincu.

— 3. *Illo*. Adverbe de lieu, comme *illuc*.

— 4. *Expectabam* est pris dans le sens propre du verbe simple.

— 5. *Quem quis?* Suppléez *quis tenebit quem?* Ces doubles interrogations sont fréquentes en latin.

Page 92 : 1. *Certum*. Adjectif pris adverbialement. Cf. Horace, *Satires*, II, 5, 100.

— 2. *Vestitu et creta*. Hendiadyin pour *vestitu cretato*. Le vêtement blanchi était le costume des candidats, c'est-à-dire de ceux qui se prétendaient dignes des magistratures. Ici c'est le costume de ceux qui veulent se faire passer pour d'honnêtes gens.

— 3. *Gemiti*. Génitif archaïque de *gemitus*.

Page 92 : 4. *Genium*. Allusion à une croyance des anciens. Selon eux, un être surnaturel était attaché à tout homme, profitant des jouissances ou souffrant des privations que chacun se procurait ou s'imposait.

Page 94 : 1. *Fateor*. Lyconide a insulté la fille d'Éuclion dans une fête, et c'est ce qui le décide à la demander en mariage pour réparer sa faute. Il croit qu'Euclion est au courant de ce qu'il a fait. Euclion s'imagine qu'il parle de sa marmite. De là une confusion plaisante. Molière l'a imitée ; voy. l'*Avare*, acte V, sc. III.

— 2. *Quid.... mali*. Cf. *Ménechmes*, 190 : *Quid de te merui qua me causa perderes?* Deux locutions se mêlent ici, *quid de te commerui* et *quid mali tibi feci*.

Page 96 : 1. *Nervo*. Festus donne cette interprétation du mot *nervus* :

« Nervum appellamus ferreum vinculum quo pedes impediuntur. »

— 2. *Enicem*, de *enico*, comme *eneco*.

— 3. *Meam tactio est*. Cf. acte III, sc. II, note 8. *Meam* se rapporte aussi bien à *aulam* qu'à *filiam*, et les deux personnages entendent chacun un mot différent.

— 4. *Luci claro*. Les anciens, dans les locutions du même genre, faisaient *lux* du masculin.

— 5. *Purgitant*. Suppléez *se* ou *factum*.

— 6. *Scibas*. Forme archaïque pour *sciebas*.

— 7. *Haud causificor quin*, je ne mets pas en avant des prétextes pour ne pas, etc. Outre ce passage, le mot *causificor* se lit encore dans Apulée.

Page 98 : 1. *Scribam dicam*. C'est le grec γράψομαι δίκην.

— 2. *Amabit*. Futur dans le sens de l'optatif, c'est-à-dire du subjonctif *amet*.

Page 100 : 1. *Indipisces*. Futur de *indipisco*. Le déponent *indipiscor*, qui a le même sens que *adipiscor*, est plus usité que l'actif.

— 2. *Me faciat*. *Me* est un ablatif comme dans Cicéron : *Quid hoc homine faciatis?*

Page 102 : 1. *Benedice*. C'est le grec εὐφήμει : Ne prononce point de paroles de mauvais augure.

— 2. *Cereris vigiliis*, les *Thesmophories*. Les femmes se rendaient la nuit au temple de Cérès et y veillaient en l'honneur de la déesse. Il se commettait beaucoup de désordres pendant ces solennités.

Page 104 : 1. *Quod pueri clamitant se repperisse.* Les enfants cherchaient dans les fèves un ver. Strobile dit donc : « Ce n'est pas une chose sans valeur, c'est un objet précieux que j'ai trouvé. »

Page 106 : 1. *Abi.* Expression souvent employée dans la conversation avec divers sens. Ici elle équivaut à notre français : allez.

— 2. *Ut.* Lyconide, après avoir promis la liberté à Strobile, prononçait ce vers qu'on retrouve parmi les fragments des grammairiens. Cf. Aulu-Gelle, VII, 9.

— 3. *Nec.* Euclion prononçait ces vers cités par Nonius, après avoir fait don de sa marmite à son gendre.

FIN.

PARIS. — TYPOGRAPHIE LAHURE
Rue de Fleurus, 9

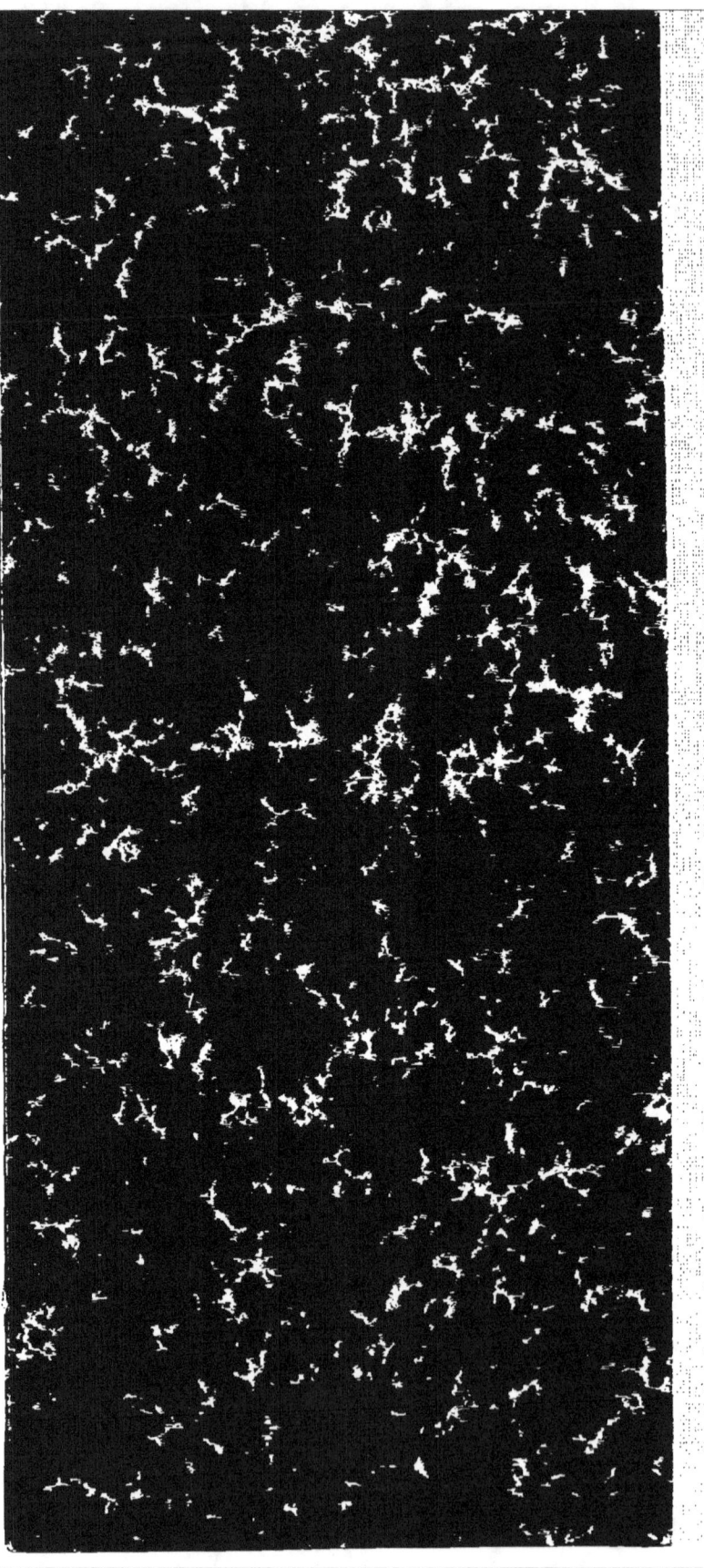

www.ingramcontent.com/pod-product-compliance
Lightning Source LLC
Chambersburg PA
CBHW060809250626
47162CB00005B/1717